Waltraud Reinke

Ein Firmenboss steigt aus

Roman

FRIELING

Die Schreibweise in diesem Buch entspricht den Regeln der neuen Rechtschreibung.

Bibliografische Information der Deutschen Bibliothek
Die Deutsche Bibliothek verzeichnet diese Publikation in der Deutschen Nationalbibliografie; detaillierte bibliografische Daten sind im Internet über http://dnb.ddb.de abrufbar.

Hünefeldzeile 18, D-12247 Berlin-Steglitz
Telefon: 0 30 / 76 69 99-0
www.frieling.de

ISBN 3-8280-1909-9
1. Auflage 2003
Umschlaggestaltung: Graphiti GmbH, Berlin,

Printed in Germany

Das Sägewerk und die Holzgroßhandlung Marlow, mit dem großen Lagerplatz und den vielen Hallen, kann nicht übersehen werden. Wo noch stundenlang reger Betrieb war, sieht es sehr verlassen aus. Die Arbeiter haben nach Feierabend ihren Heimweg angetreten und sich nach allen Himmelsrichtungen entfernt.

In seinem Büro sitzt immer noch Theodor Marlow und schaut auf den Lagerplatz. Seine Arme hat er auf dem Schreibtisch aufgestützt. Seine Gedanken beschäftigen sich mit den vier Lastwagen, die mit dicken Holzbohlen beladen sind. Pünktlich um 24 Uhr müssen sie am Kanal sein, wo sie für eine Brücke gebraucht werden.

Aber für diese Laster hat er morgen nur drei Fahrer. Ein Fahrer hat Urlaub, sitzt mit seiner Familie in Schweden, und der andere Fahrer war mit seinem Gipsbein zu ihm ins Büro gekommen. Er hat sich krankgemeldet, er hat sich den Knöchel gebrochen. Er meinte zum Chef: „Ich habe ja nur Gehgips, damit kann ich fahren." Natürlich lässt ihn Theodor nicht in den Laster.

Notfalls müsste er den Laster fahren. Er fährt aber nicht gerne, es ist schon eine geraume Zeit her, dass er gefahren ist und einspringen musste.

Seine Sekretärin Renate hatte auch schon mal eine Tour mit dem Laster gemacht und war Ersatzfahrer gewesen. Dabei hätte er selber bald eine Herzgeschichte bekommen. In seinem Büro hatte er stets nach der Uhr gesehen und auf sie mit dem Laster gewartet. Denn Renate hat für einen Lastwagen keine Zulassung.

Jetzt dachte er an seine drei Söhne. Hans war in Amerika, wollte da nur seinen Onkel, der dort eine Gärtnerei hat, besuchen. Lernt da ein Mädchen kennen und bleibt dort in der Gärtnerei. Dabei sollte er hier den Betrieb übernehmen. Ernst hat in Berlin die Schauspielschule besucht. Er war dagegen gewesen, doch von seiner Mutter Charlotte bekam er große Unterstützung. Horst wollte Rechtsanwalt werden und ist jetzt im fünften Semester. Er war auch nicht dagegen gewesen, denn in solchem Betrieb ist es ganz gut, wenn ein Rechtsanwalt in der Familie ist, der sich mit den Gesetzen auskennt.

Eigentlich saß er hier, nur damit seine Familie ein Luxusleben führen konnte. Den ganzen Tag war sein Büro ein Taubenschlag. Wenn sein Verwalter Ärger mit den Kunden oder Mitarbeitern hatte, musste er auch noch schlichten. Er war sehr froh, dass er Renate als langjährige Mitarbeiterin hatte. Bei Renate saß noch Karin im Büro. Die dachte nicht so viel an ihre Arbeit, dafür stellte sie ihre Reize sehr offensichtlich zur Schau. Sie hatte einen aufreizenden Mund. Und mit ihren Zähnen könnte jeder Zahnarzt Reklame machen. Ihre Beine stellte sie so, dass sie immer im Blickfang waren. Den Blick, den Renate ihr oft zuwarf, beachtete sie nicht. Er musste gestehen, dass er sich auch gerne von Karin anlächeln ließ.

Theodor hatte hier Zeit und Stunde verträumt. Nebenan schlug eine Uhr. Es war schon 18 Uhr. Seine Frau Charlotte würde ihm wieder große Vorhaltungen machen. Sie war eine Beamtentochter und hatte kein Verständnis dafür, wenn er noch arbeitete, wenn die anderen Mitarbeiter schon Feierabend hatten. Wer bedenkt denn schon alles, wenn er heiratet …

Ein Beamter bekam pünktlich sein Geld und brauchte sich um keine Geschäftslage zu kümmern. Wenn er säumige Zahler hatte und Löhne und Gehälter ausgezahlt waren, meinte er oft, dass er schon nahe am Ruin war. Ernst und Horst kamen auch noch mit Extrawünschen und überschritten die Summe, die er ihnen zur Verfügung gestellt hatte, und bekamen dann auch noch von Charlotte Unterstützung. Hans, der in Amerika war, lag ihm wenigstens nicht auf der Tasche. Der hatte dort auch geheiratet.

Theo schloss sein Büro ab und ging zu seinem Mercedes, der noch allein auf dem großen Platz stand. Zu Hause fuhr er das Auto in die Garage. Vor dem Haus stand der Wagen von Edith, einer Freundin von Lotte. Mit leichten Schritten betrat er die Diele und rief: „Ich bin da!" Bei einem Glas Wein saß Lotte mit Edith im Salon und sagte: „Im Esszimmer ist für dich noch gedeckt."

Theo, der gerade über sein Leben einen Rückblick gemacht hatte, konnte seinen Ärger kaum noch zurückhalten. Mit einem Lächeln sagte er, dass er zum Essen keine Zeit hätte, er müsste gleich noch einmal fort.

Nachdem er in seinem Zimmer den Ärger hinuntergeschluckt hatte, ging er zu seinem Auto und fuhr in die Försterei. Da war er immer sehr willkommen. Die Hündin Dina kam ihm gleich entgegen. Theo war hier immer gerne gesehen. Er war auch ein guter Holzabnehmer. Öfter ging er auch mit dem Förster in den Wald, und sie sahen sich die Bäume gemeinsam an, die Theo für Bretter, Bohlen, Balken oder Türen gebrauchen konnte. Die Jagdhündin Dina legte sich neben seine Füße und zeigte ihm, dass er hier sogar als Familienmitglied anerkannt wurde. Als er Dina streichelte, meinte er, wie schade, dass er keinen Hund haben könne. Lotte war gegen einen Hund. Er könnte ihn ja nachts nicht in sein Büro einschließen. Mit dieser Feststellung wurde die trübe Stimmung von Theo nicht besser, auch wenn er mit dem Förster Ulrich und seiner Frau Adelheid Blaubeeren mit Milch aß. Je nach den Jahreszeiten aßen sie Waldhimbeeren oder Brombeeren. Dann die Walderdbeeren, die einen unnachahmlichen Geschmack haben. Hätten sie nicht das viele Federvieh, würden sie sehr billig leben, denn Pfifferlinge und Steinpilze aßen sie wochenlang in jeder Form. Wie alle Förstereien hatten sie hier auch eine Dackelzucht. Auf dem Hühnerhof stolzierte auch noch ein Storch, der sich einen Flügel gebrochen hatte und nicht fliegen konnte. Ulrich meinte, wenn er nicht von selber fortfliegt, wird er ihm später auch ein Winterquartier einrichten.

Obwohl hier sehr viel Leben war, strömte die ganze Umgebung und auch das Haus Ruhe aus. Der Star unter diesen Tieren war ein kleines Fohlen. Das wurde von dem Knecht Herbert gerade wieder in den Stall gebracht.

Es war nicht gut, dass Theo mit seinem Ärger in die Försterei fuhr. Auch nicht, dass Lotte ihre Freundin Edith als Gast hatte. Denn hier und jetzt beschloss Theo, er würde sein Leben ändern. Bei der nächsten Gelegenheit würde er ein kleines Anwesen auf dem Lande kaufen. Es interessierte auch nicht mehr, was Lotte dazu sagen würde. Den Theaterfimmel von Ernst hatte sie sehr unterstützt.

Dann breitete Theo seine ganzen Wünsche und Pläne mit großer Selbstverständlichkeit aus. Es brauchte kein großes Anwesen zu sein, nur einige Morgen Land von dem Bauern, der da auch weiter wohnen und arbeiten könnte. Theo würde sich da ein kleines Häuschen im Villenstil bauen lassen. Immer wenn er den Büroärger mal vergessen wollte, war dann das ländliche Idyll aber ganz nach seinem Stil. Horst müsste in die Firma einsteigen, sodass er sich mehr

Freizeit nehmen konnte. Dann ärgerte er sich auch über seine Söhne, vor allen Dingen über Ernst, der Schauspieler war. Horst wollte Rechtsanwalt werden, und Hans saß ja in Amerika. Er hatte auch schon an eine Verpachtung gedacht. Aber dann müsste man sich doppelt um die Firma kümmern, so ein Pächter hat nicht das Interesse wie ein Eigentümer. Gestern musste er auch wieder einen Lastwagenfahrer entlassen. Der sollte Dielenbretter zu einem Neubau bringen. Um 10 Uhr sollten die da abgeliefert werden. Bei ihm im Büro wurde dreimal angerufen, wo die Lieferung bleibt. Um 13 Uhr war die Lieferung da gewesen. Theo hatte gedacht, der liegt mit der Ladung mit einer Panne auf der Landstraße, vielleicht konnte er den DAS nicht erreichen, aber er könnte doch wenigstens in der Firma anrufen. Als der dann am späten Nachmittag auf den Hof kam, war Theo gleich rausgegangen und hatte nach der großen Verspätung gefragt. Nein, am Auto wäre nichts kaputt gewesen. Theo sagte: „Sagen Sie jetzt bloß nicht, dass Sie stundenlang auf der Landstraße lagen, weil Sie einen leeren Tank hatten." Nein, seine Frau wollte so gerne zu ihrer Mutter, weil die Geburtstag hatte, deshalb hätte er seine Frau zu ihrer Mutter gefahren. Theo hatte nach Luft geschnappt und gesagt: „Was denken Sie sich eigentlich, das ist ein Umweg von 60 Kilometern." Er sollte gleich ins Büro gehen und seine Papiere holen.

Als er diesen schwarzen Tag endlich vergessen wollte und nach Hause gefahren war, denn der Kunde hatte an seiner Firma kein gutes Haar gelassen, wollte auch noch im Umkreis seine Firma nicht mehr empfehlen, hatte Lotte ihm einen Brief von Ernst vorgelesen und hatte von einem Theaterstück, in dem Ernst spielte, erzählt, und dass sie beide nach Berlin kommen sollten. Er würde nicht fahren, aber Lotte meinte, er wäre ein Spielverderber, das wären sie Ernst schuldig. Er hatte Lotte nur angesehen und war in sein Zimmer gegangen. Sie war ihm gefolgt und ließ allerlei an Beschuldigungen auf ihn niederprasseln. Er sah sie mit unverständlichem Blick an. Im Moment war von ihrer Anmut von früher aber auch gar nichts übrig geblieben. Er hatte Verständnis für die Leute, die sich nach vielen Ehejahren scheiden ließen. Wie gut, dass er im Büro eine Sekretärin hatte, auf die er sich immer verlassen konnte. Renate schaute auch nicht auf die Uhr und brachte eilige Sachen auch noch nach Feierabend raus.

Er ertappte sich immer öfter dabei, dass er nicht nur geschäftliche Sachen mit Renate besprach, er redete sich auch seinen privaten Kummer von der Seele. So erfuhr Renate auch von dem geplanten kleinen ländlichen Anwesen, das er mal kaufen wollte.

Renate sah ihn schweigend an, meinte dann: „Das wird Ihrer Frau nicht gefallen."

„Ja, meine Frau versteht leider nichts von der harten Geschäftswelt. Dies soll ein kleiner Hort werden, wo man das Geschäftsleben vor der Tür lassen kann. Auch für Sie, Renate, ob ich da bin oder nicht. Außerdem ist es so groß, dass wir uns gegenseitig nicht stören würden."

Jetzt staunte Renate, und mit ungläubigem Blick sagte sie: „Chef, haben Sie schon ein bäuerliches Anwesen gekauft?" Und mit einem Lächeln meinte Theo, jetzt hätte er hier schon am hellen Tag geträumt, man sehe doch, wo das Geschäftsleben uns noch hintreibt. Er werde sich aber bemühen.

Gemeinsam mit Horst beschloss er, dass er gleich nach seinem Studium in die Firma einsteigen müsste, denn schließlich wollte er ja mal der Chef werden.

Nach einem arbeitsreichen Tag fuhr Theo mal wieder in

die Försterei. Ulrich konnte Theo eine kleine Hoffnung machen. Er hatte mit einem Bauern gesprochen, der sehr oft auf Hilfen angewiesen war. Sein Sohn war im Krieg gefallen, und auf die Dauer würde der Hof die fremden Arbeitskräfte nicht tragen. Er wollte den Hof aber nur verpachten, nicht verkaufen, denn so könnten er und seine Frau auf dem Hof bleiben.

In Gedanken beschäftigte sich Theo schon mehr mit dem Bauernhof als mit der Firma, die schon fast Renate mit den Bürosachen und Sonstigem bearbeiten musste. Mit Ulrich fuhr er zu dem Bauern.

Betrügen wollte Ulrich den Bauern nicht, er machte ihm aber einen Verkauf in rosaroten Farben schmackhaft. Sie einigten sich so weit, dass der Bauer sich verkleinerte und ihm einige Hektar Land verkaufte.

Mit großem Eifer trieb Theo seine Pläne voran. Von einem Architekten ließ er sich Entwürfe vorlegen. Neben der Villa brauchte er auch mehrere Nebengebäude für Ponys, Schafe, Tauben und Kaninchen. Ein kleines Häuschen musste auch noch errichtet werden. Die Tiere brauchten Pflege, und das sollte ein Ehepaar übernehmen.

Abends saßen Theo und seine Frau Charlotte bei einem Glas zusammen im Salon. Theo blätterte in der Zeitung und Lotte beschäftigte sich mit einem Rätsel. Er fragte, wie ihr Tag war. Große Ereignisse gab es nicht, sie wäre mit Edith in der Stadt gewesen und hätte auch kleine Einkäufe gemacht. Theo sah sie über seine Brille an und meinte, hoffentlich hätte sie ihren Monatsetat nicht überschritten, denn jetzt wollte er sich auch ein bisschen Luxus gönnen. Dann breitete er seine Pläne mit allen Einzelheiten vor Lotte aus. In seine Worte legte er auch seine ganze Freude. Er merkte gar nicht, dass der Blick von Lotte immer ernster wurde.

Fassungslos sagte sie, sie hätte schon immer gewusst, das sie an den falschen Mann geraten war, wer sich da wohl in die Einöde hinsetzen sollte. Sie hatte schon immer gewusst, dass er nur an sich denkt. Andere machen jedes Jahr eine große Weltreise, „aber nein, dass können wir nicht wegen der Firma“. Ihre Stimme überschlug sich fast. Theo sah sie an, er dachte, sie schreit wie ein Politiker im Wahlkampf. In solchem Moment könnte man an Scheidung denken. Sagte dann aber: „Vergiss nicht, dass du von der Firma lebst. Und wer bezahlt die beiden Hausmädchen und den Gärtner, der sich auch noch um die Autos kümmert? Deinen Wagen muss er dir auch noch aus der Garage holen und vors Haus stellen. Aber einen Hund, den ich gerne hätte, können wir nicht kaufen, der würde ja Arbeit machen.“

Lotte ging aus dem Zimmer und knallte die Tür so zu, dass Theo meinte, sie würde aus den Angeln fallen. Er dachte, warum können wir nicht so leben wie andere Ehepaare? Seine Gedanken gingen noch weiter, er dachte, warum habe ich keine Frau wie Renate?

Nachdem er einige Zeit auf die geschlossene Tür geschaut hatte, wollte er auch noch Lottes gute Seiten in sein Gedächtnis zurückholen. Ihm fielen im Moment keine ein. Er wusste nur, dass er für immer im Gästezimmer schlafen würde. Lotte hatte den gleichen Gedanken, denn sie war schon ins Gästezimmer gegangen.

Lotte würde erst mal einige Zeit in Berlin verbringen und dort im Hotel wohnen. Ernst, der dort als Schauspieler war, würde schon für ihre Unterhaltung sorgen, sie sah ihn schon als großen Star. Sie vergaß, dass Ernst ein sehr lokkeres Leben führte und seine Liebschaften oft wechselte, die nie von langer Dauer waren, und dazu seine Mutter schon gar nicht in sein Programm passte.

Für Theo waren das Geschäft und der Neubau eine große Belastung. Er war froh, dass er Renate als starke Kraft im Betrieb hatte. Gemeinsam fuhren sie nach Dienstschluss zu dem Neubau. Das Haus für das Verwalterehepaar war fast fertig. Die Handwerker und Arbeiter mussten ja einen Ansprechpartner haben. Das Ehepaar musste aber erst gefunden werden. Er würde gleich eine Anzeige in der Tageszeitung aufgeben.

Hier war es auch wieder Renate, die seine Sorgen teilte. Ihr Bruder war Gärtner, und mit dem würde sie sprechen.

Bei der nächsten Gelegenheit fuhr Renate zu ihrem Bruder Egon, der in einer Großgärtnerei arbeitete. Egon wunderte sich über ihren Besuch und dann auch noch über ihr Anliegen und meinte, das wäre schon eine Zumutung. Zumal, wenn er es seiner Freundin Anke erzählen würde. Sie arbeiteten im gleichen Betrieb, und Anke war auch Gärtnerin. Dann auch noch ein Stadtmensch, und von ihr würde er sich schon gar nicht trennen.

Trotzdem redete Renate immer noch auf ihn ein. Er könnte sich doch alles in Ruhe überlegen, sich das hübsche Haus und das Anwesen anschauen. Das große Grundstück könnte er doch mit Blumen und Bäumen bepflanzen. Neben dem Grünzeug müssten auch die Tiere versorgt werden. Das Futter für die Tiere würde der Bauer liefern, der das Grundstück verkauft hatte. Mit den Worten: „Denke daran, dass es ein einmaliges Angebot und eine Lebensstellung ist." Sie konnte ihre Enttäuschung kaum verbergen und wollte ihr Angebot vergessen.

Eines Tages saß Renate nach Feierabend bei Theo im Büro, und gemeinsam bearbeiteten sie eine Anzeige, die in die Tageszeitung sollte. Nach dreimaligem Entwurf waren sie schließlich mit dem Ergebnis zufrieden.

Nach einigen Tagen kamen drei Bewerbungen. Renate staunte sehr, denn ihr Bruder Egon hatte auf dieses Angebot geantwortet, der dann auch die Stelle bekam.

Ernst führte als Schauspieler in Berlin ein sehr lockeres Leben und konnte nicht fassen, dass Lotte, seine Mutter, erst mal in Berlin bleiben wollte. Er war aber froh, dass sie im Hotel wohnte. Ganz nebenbei hatte sie gemeint, eigentlich könnte sie ja in seiner großen Wohnung ein Zimmer beziehen. Dieser Gedanke hatte ihm Schweißperlen auf die Stirn getrieben. In Gedanken ging er den Kollegenkreis durch, ob da nicht jemand wäre, dem er seine Mutter als Begleiter anbieten könnte. Die Einwände, dass sie Theo, seinen Vater, nicht so lange allein lassen könnte, hatte sie mit der Bemerkung von seinem Landfimmel abgetan.

Jeden Tag arbeiteten Theo und Renate fast rund um die Uhr. Nach Büroschluss fuhren sie auf den Landsitz, der jeden Tag schöner wurde. Das Verwalterhaus war fertig und hatte auch schon Egon als Bewohner. Seine Freundin Anke hatte sich dann doch nicht für das Landleben entschieden. Aber dafür war ein sehr lieber und hübscher Jagdhund, Falk, mit ihm eingezogen. Den hatte der Förster für Theo zum Empfang ins neue Heim gebracht. Wenn Theo, Egon und Renate da auf dem Grundstück Schwerstarbeit leisteten, saß er und schaute sich dieses Treiben stumm an, so als müsste er hier eine Bewertung abgeben. Später, wenn sie alle bei gedämpftem Licht im Wohnzimmer saßen, legte er seinen Kopf auf Theos Knie und ließ sich von ihm streicheln. Theo dachte, ich habe nie geglaubt, dass ein Mensch so glücklich sein kann. Sein Haus war auch bald fertig, da hatten schon einige Tage Maler und Elektriker gearbeitet.

Im Büro bearbeitete Karin die Ein- und Ausgänge. Sehr

oft fragte sie nach Feierabend, ob sie auch länger bleiben sollte. Theo dachte, Renate und Karin sind mehr wert als mein ganzes Kapital. Er betrachtete Karin mit wohlwollendem Blick und dachte, sie ist nicht nur klug, sie ist auch hübsch. Ihr wurden auch eine makellose Figur, ihr unbeschreiblich sinnlicher Mund und ihre sehr dunkelblauen Augen, die stets einen verträumten Blick hatten, in die Wiege gelegt. Und mit ihrem gewissen Charme zog sie jeden in ihren Bann. Vielleicht lag das nur an ihren 21 Lenzen.

In nicht sehr langer Zeit würde Horst auch hier im Büro arbeiten. Er wünschte, dass Horst die Arbeit von Karin schätzen würde und sich von ihrer Anmut in den Bann ziehen ließe. Er wünschte sich Karin als Schwiegertochter, und Horst hätte einen lieben Geschäftspartner an seiner Seite. Das hatte er sein ganzes Leben vermisst, und jetzt vergaß er oft, dass Lotte seine Frau war. Eigentlich wollte er sich auch gar nicht mehr an Lotte erinnern. Wenn er den monatlichen Betrag sah, der auf ihr Konto gebucht wurde, hatte er kein anderes Empfinden, als wenn er einen Angestellten bezahlte.

Theo hatte auch gar keine Zeit, an Lotte zu denken. Am Wochenende sollte der Möbelwagen kommen. Mit Renate hatte er die Möbel aus der Wohnung ausgesucht, die in das neue Haus sollten. Im Garten hatte Egon mit zwei Arbeitern wochenlang gearbeitet und einen Teich angelegt. Auf den kleinen Wellen, die von der Umwälzpumpe verursacht wurden, dümpelten zwei Segelboote vor sich hin. An einer Teichseite waren Vergissmeinnicht gepflanzt, die mit ihrem zarten Blau mit dem blauen Himmel wetteiferten. Auf der großen Rasenfläche standen zwei große Schalen mit Stiefmütterchen. In einer Schale waren nur gelbe, so als hätte die Sonne ein bisschen von ihrem Gelb auf die Erde geworfen. In der anderen Schale waren viele Farben, so als hätte ein Maler hier bunte Farben versprüht.

Falk lag auf dem Rasen und ließ sich sein graubraunes Fell von der Sonne wärmen und beobachtete das Umfeld. Seine größte Aufmerksamkeit galt der Katze, die auf dem Gartenzaun saß. Er wäre gerne losgestürmt und hätte sie gejagt. Er erinnerte sich aber noch rechtzeitig an seine Erziehung. Schließlich war er nicht umsonst auf einer Hundeschule gewesen.

Am Wochenende genossen Theo und Renate diesen kleinen Landsitz, sie nannten ihn Burg. Theo saß in seinem bequemen Sessel und rauchte eine Pfeife. Falk hatte seinen Kopf auf Theos Knie gelegt und ließ sich streicheln. Den Blick hatte Theo auf das Fenster gerichtet, das fast die ganze Zimmerwand einnahm, und schaute auf den Teich, wo gelbe Seerosen, die Egon gepflanzt hatte, blühten. Die andere Zimmerwand hatte das gleiche große Fenster. Da war die Terrasse mit auserlesenen Gartenmöbeln. So nahm das Zimmer eine optische Größe an. Auf der Terrasse saß Renate mit der Tageszeitung. Sie bedauerte, dass Theo ihr nicht gegenüber saß, denn zu einigen Artikeln hätte sie gern ihren Kommentar abgegeben.

Auf einer Bank, die hinten im Garten neben dem Jasmin stand, dessen zarte weiße Blüten einen unbeschreiblich angenehmen Duft verströmten, saßen Egon und Ingrid, die in der Försterei arbeitete. Renate hatte Ingrid hier schon öfter gesehen, einige Sonntage hatte sie sogar bei der Gartenanlage gearbeitet. Man konnte es schon ahnen, sie würde Egon heiraten, was sich auch Renate wünschte.

Theo war auch auf die Terrasse gekommen, machte dann mit Renate einen Rundgang und Besichtigung. Dabei vermisste er Falk, der auf den Treppenstufen saß und ihn ansah. Als Theo ihn zum Kommen aufforderte, sah man ihm seine Freude an, die er auch noch sehr deutlich zeigte, indem er seinen Kopf in Theos Hand schob.

Tauben, die auf dem Dach gestanden hatten, kamen heruntergeflogen und trippelten vor ihren Füßen, sie warteten wohl auf Futter. In der Sonne glänzten ihre Federn wie Atlas, und jede Taube war auf ihre Art schön mit ihrem gemusterten Gefieder. Sie gingen auch zu den Kaninchenboxen. Eine Häsin saß da mit ihrem Nachwuchs. Die Kleinen waren noch niedlicher als die Schokoladenosterhasen.

Theo, der in Karin schon seine künftige Schwiegertochter sah, meinte, sie hätte sich auch oft für diesen Bau eingesetzt, deshalb sollte sie ihn auch kennen lernen und dort ein Wochenende verleben. Karin, die ein Stadtkind war, genoss diese kleine Tierwelt. Die Kaninchen waren so zahm und hübsch wie Stofftiere, besonders die ganz weiße Häsin mit den roten Augen. Zwei saßen da mit grauem Fell, so als wären sie Hasen. Theo bedauerte, dass die beiden Pferde noch nicht da waren, sonst hätten sie eine kleine Fahrt gemacht. Der Kutschwagen stand schon in der Remise.

Die Pferde, die Ulrich mit Theo auf einem Gut gekauft hatte, würden in 14 Tagen hier sein. Sie hatten zwischen Drei- und Fünfjährigen gewählt, sich dann für die Fünfjährigen entschieden, die waren nicht mehr so übermütig wie die Dreijährigen. Das braune Fell, das wie Kupfer glänzte, und dazu die schwarzen Schweife und Mähnen waren Theos Entschluss noch entgegengekommen. Mit verschmitztem Lächeln meinte Theo, dann müssen wir wieder herfahren, wir müssen den Pferden einen Namen geben. Mit einem Glas Wein stießen sie an und meinten: „Auf die Taufe!" Karin fragte: „Auf die namenlose???" Sie zählten Namen auf, die aber für Stuten passender gewesen wären als für

Wallache. Sie einigten sich auf Bosko und Arko. Theo meinte: „Unsere Zeit können wir hier noch öfter verbringen, wenn Horst in drei Monaten im Büro sitzt.“ Fügte aber gleich hinzu: „Hoffentlich.“ Sagte aber gleich hinterher: „Wenn er noch ein Semester anhängen muss, ziehe ich ihm die Ohren lang.“

Hier gab es noch andere Ereignisse. Egon heiratete seine Ingrid. Weil Theo sein Chef war, bekam nicht nur Renate, seine Schwester, eine Einladung. Und die Hochzeit sollte in der Försterei gefeiert werden. Adelheid und Ulrich meinten, das wären sie Ingrid schuldig, die auch später als junge Frau in Notfällen aushelfen würde.

Bevor Theo in die Försterei fuhr, ging er mit Julius, seinem Holzfachmann und Meister, durch die Lagerhallen. Sie kontrollierten die Bestände. Als Theo in seinem Mercedes die Chaussee langfuhr, wo vor ihm die Sonne ihre Strahlen durch die hohen Baumkronen warf und Licht und Schatten vor ihm tanzen ließ, summte er einen Gassenhauer vor sich hin. Er freute sich über seine zuverlässigen Mitarbeiter. Auch dass Horst in die Firma einstieg. An seinen eigenen Einstieg mit den großen Schwierigkeiten wollte er nicht mehr denken.

In der Försterei fuhr er das Auto unter die große Kastanie. Ulrich hatte die Pferde schon vor den Jagdwagen gespannt. Von dem Jagdhund wurde Theo auch begrüßt, der jetzt auch auf den Wagen durfte. Adelheid kam und begrüßte Theo. In der Hand hatte sie einen Korb mit Hafer für ihr Federvieh in dem großen Gehege, das aber stets eine große Schau bot und wo zwischen den Hühnern auch Puten, Fasane und Wachteln umherliefen. Die Perlhühner sonderten sich oft ab und flogen auf die Bäume. Eigentlich waren sie nur ein Luxus. Ihre Eier legten sie nie in ein Nest, die musste man suchen. Wer würde schon im Gebüsch umherkriechen? Ein Fuchs oder Marder würde die Eier schon finden. Die Zwerg- und Rebhühner zogen immer bewundernde Blicke an. Das größte Wunder, das man gar nicht genug bestaunen konnte, waren die Winzlinge von Küken, die mit großer Geschwindigkeit umherrannten und nicht viel größer als eine Walnuss waren.

Ulrich und Theo fuhren durch die Felder dem Wald entgegen. Die Pferde liefen im Trab und Gleichschritt dahin. Ulrich hatte Theo die Leine gegeben. Theo schaute auf das seidig glänzende Fell, er beobachtete das Muskelspiel der Schenkel. Nach diesem Muskelspiel wurde der erste Motor gebaut. Er überlegte, wer der Erfinder war. Ulrich wusste es auch nicht. Sie würden mal im Lexikon nachschauen.

Im Wald war eine andere Atmosphäre. Der Weg war mit vielen Tannennadeln gepolstert und schluckte die Geräusche von den Wagenrädern und Pferdehufen. Vor ihnen durch die hohen Bäume zog der Himmel ein blaues Band, und auf dem Weg tanzten Licht und Schatten. Die große Wiese mit den vielen Blumen sah man schon von weitem. An einer Wiesenseite hatte ein Bauer sieben Bienenkörbe aufgestellt. Mit großem Gebrumm flogen die Bienen von Blüte zu Blüte. Weiße, gelbe und bunte Schmetterlinge erhöhten noch den bunten Blumenzauber. Für die Hasen und Wildkaninchen war die Wiese ein gutes Versteck.

Theo stellte immer wieder fest, dass er mehr Bauer als Büromensch war. Aber Horst würde bald in die Firma einsteigen, dann würde er selbst jeden Tag nur kurze Zeit im Betrieb sein. Es wäre gut, wenn Horst dann Karin heiraten würde.

In der Nähe hörten sie das Lied „Kein schöner Land in dieser Zeit“, das von vielen Kinderstimmen gesungen wurde. Ein Lehrer machte mit seinen Schülern einen Ausflug und hielt seine Naturkunde gleich an Ort und Stelle. Die Ricken kannten ihre Schonzeit und zeigten sich mit ihren Kitzen, die Ulrich mit warmem Blick betrachtete. Er sagte: „In meinem Wald bin ich Gott näher als in der Kirche." Hier konnte man auch vergessen, dass es ein staatlicher Wald war.

Stunden später, als Theo wieder in seinem Auto saß, dachte er noch an seinen guten Kauf. In Gedanken überschlug er die Beträge, die noch unter seiner festgesetzten Grenze lagen. Er sollte doch lieber auf den Verkehr achten. Er musste eine Vollbremsung machen, vor ihm stoppte ein Fahrschüler. Theo merkte, dass seine Handteller feucht waren, denn dies war sehr knapp gewesen.

Im Forsthaus wurden für die Hochzeit jeden Tag Vorbereitungen getroffen. Die beiden Köchinnen waren von morgens bis abends im Haus. Kuchen musste gebacken werden. Ein Kalb und sechs Hühner wurden auch geschlachtet.

Eine Schneiderin saß schon tagelang an der Nähmaschine und nähte für die Zwillinge Ruth und Eva, die Kinder vom Förster, entzückende rosa Rüschenkleidchen. Sie waren vier Jahre alt und sollten vor dem Brautpaar Blumen streuen.

Für Renate und Karin war die Hochzeit auch Tagesgespräch. Auf Renates Wunsch hin musste Egon Karin auch eine Einladung schicken. Renate sah in Karin noch mehr als eine Freundin, nicht nur, weil sie keine Familie hatte. Eigentlich hatte sie zu viel Familie. Ihre Eltern waren geschieden und beide Eltern waren wieder verheiratet. Wenn sie ihre Mutter besuchte, kam sie in eine Großfamilie, denn da waren noch drei Kinder. Ihr Vater hatte mit seiner neuen

Frau zwei Kinder. Deshalb fuhr Karin sehr selten nach Hause. Sie wusste auch nicht, ob ihr Zuhause bei ihrer Mutter oder ihrem Vater war. Eigentlich nirgends. Ganz nebenbei hatte ihre Mutter gesagt: „Deine Besuche kannst du nachmittags machen, am Mittagstisch habe ich schon genug Esser." Bei ihrem Vater war es anders, da musste sie gleich die beiden Kinder hüten, und er konnte mit seiner Frau einen Sonntagsbummel ohne Kinder machen.

So kam es, dass Karin ihre Besuche ganz einstellte. Zweimal in der Woche nahm sie abends an einem Schneiderkursus teil. Mit sehr viel Geschick schneiderte sie dann ihre Garderobe. Sie hielt aber trotzdem an ihrem eisernen Vorsatz fest und brachte jeden Monat die Hälfte von ihrem Gehalt zur Sparkasse.

Die Hochzeit war für alle ein einmaliges, nettes Ereignis. Die Gäste, die sich dem Forsthaus näherten, wurden schon von weitem mit einem Ständchen begrüßt. Sechs Musiker standen mit ihren blanken Hörnern in der Auffahrt und zeigten ihr Können. Die Sonne, die am blauen Himmel ihre Runde machte, spiegelte sich auch noch auf den Instrumenten.

Im Auto neben Theo saß Karin. Renate war schon im Forsthaus. Mit dem Lied „Waldeslust" wurden sie von der Kapelle begrüßt. Sie summten die Melodie und sahen sich verschmitzt lächelnd an. Schließlich sangen sie dann noch die uralten Weisen.

Die Gäste waren schon alle da. Egon hatte frühere Schulkameraden und Arbeitskollegen eingeladen. Von Ingrid waren auch Schulfreundinnen da. Die Verwandtschaft von dem Brautpaar und der Försterfamilie war sehr in der Minderheit.

Die kirchliche Trauung war sehr feierlich. In geheimen

Wünschen und Gedanken sahen sich einige junge Mädchen auch schon vor dem Traualter stehen.

Jede Hochzeit ist auch immer eine kleine Modenschau. Den größten Anteil liefert dazu die Dorfschneiderin. Bei solchen Gelegenheiten kann sie ihr ganzes Können zeigen. Karin hatte sich auch wochenlang mit ihrem Stilkleid aus sonnengelber Seide beschäftigt. An die schmale Taille hatte sie eine Rose aus feinem schwarzem Nappaleder gesteckt. Zu ihren braunen Augen und dem dunklen Bubikopf war die gelbe Farbe ein guter Kontrast.

Später, als getanzt wurde, ließ Theo Karin nicht aus den Augen. Ihm gefiel es nicht, wenn sie mit den jungen Männern tanzte. Obwohl er gar nicht gerne tanzte, begab er sich immer öfter mit Karin auf die Tanzfläche. Sie sollte sich hier in keinen jungen Mann verlieben. Er wollte sie doch als Schwiegertochter haben. Renate wunderte sich auch, warum Theo so oft mit Karin tanzte. Und Theo leistete an diesem Abend Schwerstarbeit, er durfte Renate auch nicht vernachlässigen. Schließlich musste er noch einige Pflichttänze machen.

Auf dem Rückweg saß Renate auch im Auto. Karin, die hinten im Auto saß, hatte ihren Blick zu den Sternen gerichtet und hoffte, dass ein Sternchen mit langem Feuerschweif vom Himmel purzelte, der würde dann ihre geheimen Wünsche erfüllen. Der Mond, der dunkle Schatten auf die Erde warf, blieb ihr Begleiter, auch noch, als sie die Richtung gewechselt hatten.

In gleich bleibendem Tempo fuhr Theo die Straße entlang. Karin hatte die Augen geschlossen und ließ den Tag noch Revue passieren. Sie hätte gerne noch öfter mit dem jungen Gärtner getanzt, aber Theo hatte sie stets vor ihm aufgefordert. Dann dachte sie an die vielen, vielen Rosen, die überall waren. In der Kirche hatte man auch nicht mit Rosen gespart. Mitten durch das Kirchenschiff waren Rosen gestreut, und der Altar hatte dicke Rosengirlanden, die waren auch vor dem Altar um die beiden Stühle aus roten Rosen und zum Herz geformt. Im Forsthaus hatte die Eingangstür eine Rosengirlande, und im Haus waren Rosen über Rosen gewesen. Sie meinte, so viele Rosen könne es auf der ganzen Welt nicht geben.

Am nächsten Tag saß Theo mit aufgestützten Armen an seinem Schreibtisch und dachte auch noch an die Hochzeit. Eigentlich nur an Egon und Ingrid, an sein Verwalterehepaar. Er konnte sein Glück noch gar nicht fassen. Dann wurde er schlagartig in die Wirklichkeit gerissen. Zu ihm ins Büro kam sein Sohn Ernst. Mit ungläubigem Blick sah er ihm entgegen und sagte: „Du brauchst Geld." Nein, er käme wegen seiner Mutter. Ja, was denn mit Lotte wäre, sie bekäme doch jeden Monat ihren Scheck. Jetzt breitete Ernst hier seinen ganzen Ärger aus. Er erzählte und redete sich alles von der Seele. Vormittags schlief sie lange, ging dann zum Friseur. Nachmittags besuchte sie Modenschauen. Abends wollte sie dann die Neuanschaffungen irgendwo vorführen. Er war das Opfer. Wenn er eine Probe oder Aufführung hatte, spielte es für sie keine Rolle, sie wartete auf ihn. Öfter hatte er unter den Kollegen einen alten Herrn gefunden, der sie ausführte. Natürlich hatte er dann die Kosten übernommen, denn alte Männer haben auch lieber ein junges Mädchen als Blickfang neben sich. Deshalb sollte er nach Berlin kommen und Lotte nach Hause holen. Am liebsten hätte Theo schallend gelacht, aber mit großer Überlegung fragte er, ob Lotte überhaupt zurückwollte. Und wo sollte sie hin? Horst würde die Wohnung in der Stadt beziehen und sicher heiraten. Der müsste ihr dann ein Zimmer abgeben. Das könnte er der Schwiegertochter auch nicht zumuten. Statt Schwiegertochter hätte er bald Karin gesagt. Denn er würde sich aus dem Geschäftsleben zurückziehen und seinen Wohnsitz aufs Land verlagern und von dort ins Geschäft fahren.

Hier sah Ernst eine Möglichkeit. Er sagte: „Vater, du warst nie ein Student, die führen ein lockeres Leben. Und glaube ja nicht, dass Horst heiratet. Wenn schon, dann nicht in den nächsten zehn Jahren." Deshalb wäre es sogar gut, wenn Lotte bei ihm wohnte. Sie kamen zu dem Entschluss, dass sie diese Sache später mit Horst besprechen würden. Mit einer kleinen Hoffnung fuhr Ernst nach Berlin zurück.

In ihrem neuen Heim verlebten Theo und Renate ein sehr gemütliches Wochenende. Obwohl Theo im Haus die untere Wohnung hatte, war er stets in der Wohnung bei Renate in der ersten Etage. Aber dieses Wochenende hatten sie überwiegend den Pferden gewidmet, denn die standen seit zwei Tagen im Stall. Und heute waren sie mit ihnen in den Wald gefahren. Egon freute sich über die Pferde Bosko und Arko noch mehr als Theo. Wenn er sie fütterte, blieb er bei ihnen auf dem Kumm sitzen. Beim Bürsten und Striegeln ließ er sich viel Zeit. Weil sie sich wie Zwillinge ähnelten, hatte er Arko einen kleinen grünen Farbstrich auf den Huf gemacht.

Wenn Theo hier draußen in seiner Burg war, glaubte er, dass er der glücklichste Mensch auf der ganzen Welt wäre. Denn hier dachte er nicht an Lotte, aber an Scheidung konnte er wegen des Vermögens auch nicht denken. Von einem Notar hatte er sich schon mal eine Aufstellung machen lassen. Nach seiner Berechnung hatte Theo ihn gefragt, ob er sich denn wenigstens noch ein möbliertes Zimmer leisten könnte. Er hätte gerne Renate geheiratet.

Wenn man jung ist, heiratet man anders. Man sieht nur

alles von der besten Seite. Theo überlegte, wann und bei wem die Gleichgültigkeit angefangen hatte. Es war schon der Fehler, dass Lotte aus einem Beamtenhaushalt kam. Wenn er nicht pünktlich aus dem Büro gekommen war, war sie oft nicht da. Wenn er mal Ärger im Büro hatte und das mal sagte, blätterte sie gelangweilt in einer Modezeitschrift oder sie sagte: „Das brauchst du mir nicht zu erzählen, das interessiert mich nicht." Dabei hatte er ihr erzählt, dass der eine Fahrer den Lastwagen zu Schrott gefahren hatte, er dann einen neuen Laster gekauft hatte und diese große Extraausgabe nicht eingeplant war. Nach Dienstschluss war er dann in ein kleines Lokal gegangen, hatte dort auch etwas gegessen. So ganz allmählich wurde es seine Stammkneipe. Im Büro hatte er immer öfter nach Renates Meinung gefragt. Lange nach Feierabend hatte in Renates Büro noch Licht gebrannt. Er war hineingegangen, und so waren aus Kollegen Freunde und mehr geworden. Diese Verbundenheit hatte es mit Lotte nie gegeben.

Tagelang hatte Theo sich auf diese erste Ausfahrt gefreut. Im Gleichschritt trabten die Pferde dahin. Sie setzten auch zu einem kleinen Galopp an. Theo hielt die Leine lokker in den Händen und überließ den Pferden ihre Gangart. Renate, die neben Theo saß, ließ ihre Blicke über die Felder wandern. Am blauen, wolkenlosen Himmel zog ein Habicht seine Kreise und hielt nach Beute Ausschau. Sie fuhren zur Försterei, Ulrich und Adelheid sollten mit ihm seine Freude teilen.

Für dieses Vorhaben würden sie einen anderen Termin wählen. Sie sahen, dass am Gartenzaun und auch im Garten viele Luftballons in allen Farben hingen, und in der Luft lag ein zartes Blockflötenspiel. Ein Musiklehrer kam einmal in der Woche ins Haus, Ruth und Eva bekamen Unterricht. Heute war hier wohl auch mit den anderen Teilnehmern ein kleines Konzert. Sie sahen auch das Auto von dem Musiklehrer auf dem Hof.

Theo schlug eine andere Richtung ein. Spielerisch trabten die Pferde dahin und stießen ihren warmen Atem durch die Nüstern. Die Sonne warf ihre Strahlen durch die hohen, großen Baumkronen und ließ auf der Chaussee Licht und Schatten tanzen. Sie fuhren an einen See, der zu dem Gut gehörte. Auf die glatte Oberfläche warf die Sonne von dem kleinen Wald, der an einer Seite an den See grenzte, lange Schatten. Auf den höchsten Bäumen hatten Fischreiher ihre Horste. Der Abflug und die Landung waren immer ein hübscher Anblick. Ein Wildentenpärchen hatte sich von den anderen abgesetzt und schwamm eine Runde, so als wollte der Erpel sein buntes Gefieder in der Sonne noch mehr zur Geltung bringen. Ein anderes Paar kam angeflogen und landete neben ihnen, und hinter sich ließen sie einen langen Sog.

Vor dem Bootshaus lag der Kahn vom Fischer am Steg. Er war gerade mit seinem Fang zurückgekommen. Hinter dem Haus spannte er die grob geknüpften Netze auf. Renate bedauerte, dass sie nicht früher hier waren, den Fang hätte sie gerne gesehen.

Unter den hohen Bäumen, die Schatten spendeten, saßen fünf junge Männer mit ihren Musikinstrumenten und schickten altvertraute Weisen, die schon Gassenhauer waren, in die Welt, die dann auch ihren Zweck erfüllten, denn drei junge Mädchen kamen mit ihren Rädern angeradelt.

Theo hatte kleine Steinchen gesucht und ins Wasser geworfen, die dann auf der Oberfläche große Kreise hinterließen. Er gab Renate auch Steine zum Werfen, deren Kreise sich dann ineinander verschlingen sollten. Sie hatten die Gänse, die in der Wiese gegrast hatten, nicht beachtet. Mit

Gegacker und im Laufschritt kamen sie angeflattert und stürzten sich ins Wasser und zerstörten so auch die Kreise, und so beendeten sie diese Kinderei.

Hand in Hand gingen sie zu dem Wagen. Das Lied von den jungen Burschen, „Mutterl, unterm Dach ist ein Nestl gebaut“, begleitete sie ein Stückchen auf ihrem Weg, das sie dann summten. Schließlich sangen sie es. Sie sangen auch noch, als sie die Burschen gar nicht mehr hörten.

Am Ufer blühten sehr viele Vergissmeinnicht. Theo hätte für Renate gerne ein Sträußchen gepflückt. Er sah, wie die Pferde von den Fliegen geplagt wurden. Sie stiegen sehr schnell auf den Wagen und fuhren heim. Die Pferde liefen und liefen. Als sie auf die Chaussee kamen, setzten sie gleich zum Galopp an.

In dem kleinen Dorfkrug, der dicht an der Chaussee lag, würden sie eigentlich gerne etwas essen. Doch lieber würden sie sich ein Gericht mitnehmen. Die Pferde, die schon eine Zeit am See gestanden hatten, sollten hier nicht schon wieder auf dem Vorplatz vor der Gastwirtschaft stehen. Hier hielten sie nur an. Renate stieg vom Wagen, war auch nach kurzer Zeit zurück. Aber jetzt mussten die Pferde hier doch noch ein Weilchen stehen. Über dem Wald stand der feuerrote Sonnenball, und dieses Rot hatte er auch noch über dem Himmel ausgebreitet. Diesem Zauber konnten sie sich nicht entziehen. Ganz langsam glitt die Sonne hinter die Bäume und ließ sehr viel von ihrem Rot zurück.

Die Pferde waren froh, dass sie sich wieder ins Zeug legen konnten, und im Galopp trommelten ihre Hufe im Gleichklang auf die Chaussee.

Zu Hause nahm Egon die Pferde in Empfang, spannte sie vom Wagen und versorgte sie. Theo und Renate genossen ihr Mahl auf der Terrasse. Anschließend tranken sie noch ein Glas Wein und genossen die laue Abendluft, die von den Blumen viele Düfte verbreitete. Ein Igelpärchen kam über den Rasen, und ein Käuzchen flog mit klagendem Schrei über die Bäume. Vor ihren träumenden Augen spann sich der Mondschein immer weiter, und die Konturen überzogen sich mit schleierhaftem Dunst.

Renate hatte ihren Kopf an Theos Schulter gelehnt und schaute gähnend zu der dunklen Wolke, die sich über den Mond schob. Sie sagte: „Ich freue mich auf mein Bett. Dem Mann, der das Bett erfunden hat, kann man gar nicht genug danken.“ Theo meinte, er könnte sich denken, dass diese Erfindung eine Frau gemacht hat.

Dann war es so weit: Horst, der junge Chef, saß im Büro. Theo hatte ihm Karin als Mitarbeiterin zum Einarbeiten gegeben. Er hatte extra Mitarbeiterin betont, hatte noch hinzugefügt: „Von Karin kannst du noch viel lernen.“ Die Wohnung hatte Theo Horst zum größten Teil überlassen. Er hatte sich auf zwei Zimmer beschränkt.

Jetzt verlief doch nicht alles nach Theos Plänen. Was Theo sich in seinem ganzen Leben nicht erlaubt hatte, das wagte Horst. Er war kaum eine Stunde im Büro, da fuhr er schon wieder mit seinem Auto vom Hof. Vor Ärger saß Theo auch tatenlos an seinem Schreibtisch. Er dachte, der soll bloß zurückkommen, den kaufe ich mir.

Schon bei Theos Vater hatte die Firma stets im Vordergrund gestanden. Theo hatte auch schon Zeiten erlebt, wo es abwärts gegangen war. Solche Krisen hatte er immer wieder in den Griff bekommen. Vielleicht hatte er sich von Horst zu viel versprochen. Es wäre wohl besser gewesen, wenn er ihn gleich in die Firma genommen hätte. Bei dem Gedanken, dass er die lockere Einstellung von seiner Mutter geerbt hatte, trat ihm der kalte Schweiß auf die Stirn.

Einen Tag später ließ Theo Horst in sein Büro kommen. Mit großem Nachdruck sagte Theo, dass er genau wie jeder andere in den Bürostunden auf seinem Stuhl zu sitzen hätte, notfalls auch noch länger. Und als Erstes müsste er einen Führerschein für Lastwagen machen. In einem halben Jahr würde er den Betrieb von innen und außen kennen und könnte hier in diesem Büro sitzen. Horst hörte sich alles schweigend an, aber ihre Blicke kreuzten sich wie scharfe Klingen.

Horst würde sich den Anweisungen fügen und seinem Vater aus dem Wege gehen, denn Friedland war immer noch die beste Stadt. Als Sekretärin hatte er ja Karin. Das war sogar sehr gut. Hübsch war sie auch, ihre Figur war ohne Makel, sie hatte auch die richtige Größe. Ihre hübsche geschwungene Oberlippe lag auf der etwas dickeren Unterlippe und ließ viel Sinnlichkeit ahnen. Wenn sie lächelte, sah man ihre gleichmäßigen Zähne, und in ihren Augen lag ein warmer Glanz. Er dachte, wenn sie jetzt noch Lidschatten, Wimperntusche und Lippenstift benutzen würde, wäre sie eine Schönheit.

Theo sah in Karin mehr. Ihm gefielen ihre angenehme Art, ihr Können und ihr Charakter. Diese Eigenschaften übersah Horst.

Für Horst war es schon ganz selbstverständlich geworden, dass er Karin immer mehr Schriftstücke auf ihren Schreibtisch legte. Er las sehr ausgiebig die Sportzeitung. Trotz großen Eifers musste Karin auch noch nach Feierabend die Bürosachen erledigen.

Horst machte die Abrechnung für die Löhne fertig. Dann sah er, dass Theo zu seinem Auto ging. Renate stieg auch ins Auto, und sie fuhren fort. Er ging zu Karin und legte die Abrechnungen, die noch nicht fertig waren, auf ihren

Schreibtisch. Wie zufällig legte er seine Hand auf ihre Schulter und gab zu den Zahlen eine Erklärung. Mit seiner Wange streifte er Karins Wange, aber nur so viel, dass man diese Berührung nur ahnte und nicht spürte. Dieser Augenblick ließ in Karin eine gewisse Unruhe zurück.

Horst ging in sein Büro zurück und telefonierte mit Thekla. Dann setzte er sich in sein Auto und fuhr vom Hof. Er fuhr zu Thekla, die er schon einige Monate kannte. Für diese Eroberung hatte er auch seinen ganzen Charme zusammengerafft. Thekla hatte viele Verehrer. Sie war Studentin, hatte eine eigene Wohnung und bekam jeden Monat einen dicken Scheck von ihrem Vater, der hatte einen Zeitungsverlag.

Mit neun blutroten Rosen und einer Flasche Sekt betrat er Theklas Wohnung. Die Zahl neun hatte für beide eine große Bedeutung. Sie erinnerte immer an ihre erste gemeinsame Nacht. Jetzt würde er zwei Stunden bei Thekla bleiben, und sie würden in eine andere Welt sinken. Er hoffte, dass sein Vater heute nicht mehr ins Büro kam. Und wenn er doch kam, wollte er wenigstens vor ihm im Büro sein.

In den Armen von Thekla hatte Horst die geplanten zwei Stunden vergessen und kam lange nach Feierabend zurück. Das Fenster von Karins Büro war noch erleuchtet. Er blieb noch ein Weilchen im Auto sitzen und dachte, für meine Flirts lasse ich das Mädchen auch noch für mich arbeiten. Er ging zu Karin ins Büro, half noch bei dem letzten Rest und nahm Karin mit in sein Büro. Bei näherer Betrachtung stellte er fest, dass sie recht hübsch war, und dies ohne Nachhilfe. Hinzu kam noch ihre bescheidene Art. Horst meinte: „Nach dieser Arbeit haben wir ein Glas Wein verdient.“ Er steckte eine Kerze an, öffnete eine Flasche Wein und schaltete die Lampe aus und sagte: „Um diese Zeit braucht im Büro kein Licht mehr zu brennen.“ Dann setzte er sich bei Karin auf die Sessellehne.

Sie stießen mit ihren Gläsern an. Horst sagte: „Auf unsere gemeinsame Arbeit.“ Karin dachte, wenn die gemeinsame Arbeit immer so wie heute aussieht, dann lieber nicht. Sie sagte: „Der Mond schaut zu uns ins Fenster, man könnte auf ihn trinken.“ Horst fand diese Idee gut und sagte: „Auf unsere Mondnacht.“ Auf eine Mondnacht wollte Karin auf gar keinen Fall anstoßen, sie musste nach Hause. Horst nahm es sehr gelassen. Natürlich müsste sie nach Hause, aber doch erst, wenn sie den Wein getrunken hätte.

Sie tranken auch das zweite Glas. Wie zufällig ließ Horst seine Lippen auf Karins Wange vibrieren, und auf ihren Mund legte er seine Lippen wie zarte Schmetterlingsflügel.

Karin erhob sich, an diesem langen Arbeitstag wollte sie nicht noch die Nacht ranhängen. Sie bat um eine Taxe. Jetzt setzte Horst sich in den Sessel und zog Karin auf seinen Schoß. Sie würden doch noch den kleinen Rest Wein trinken. Eine Taxe fährt auch eine halbe Stunde später. Karin schaute auf die Uhr und sagte: „Aber keine Minute länger.“

Aus der halben Stunde wurden drei Stunden. Er hatte Karin ins Nebenzimmer auf die Liege getragen. Da lag sie willenlos in seinen Armen. Sie ahnte nicht, dass für ihn jede Liebelei ein Spiel und gleichzeitig auch nette Abwechslung war.

Von dieser Unberührtheit ließ Horst sich in Karins Bann ziehen. Sie trafen sich nach Büroschluss, verbrachten auch mal eine Nacht in einem Dorfgasthof. Wenn sie allein waren, sparte Horst nicht mit Komplimenten, dann dachte Karin oft an seinen Vater und genoss dieses Beisammensein. Sie hatte keine Erfahrung mit Männern und schon gar nicht mit dieser lockeren Art. Die sollte sie aber sehr schnell kennen lernen.

Karin dachte, sie könnte auch ihre Sorgen mit Horst teilen. Sie fuhren wieder in ihr schon vertrautes Dorf. Ihr Kopf ruhte an Horsts Schulter, und sie ließ ihren Blick über die Felder gleiten. Nachdem der Wirt sie mit einer gebratenen Scholle mit Früchten versorgt hatte, schlenderten sie Hand in Hand ins Dorf. Um den großen Teich machten sie ihre Runde. Unter einer großen Kastanie hatten sich junge Leute zusammengefunden. Ein junger Mann spielte auf dem Schifferklavier „Altes Spinnrad, bring mir doch die Stunden meiner Jugend noch einmal zurück“. Das Lied wurde auch gesungen.

Karin und Horst ließen sich auch in die Romantik tragen und summten die Melodie. Der Mond machte zwischen dem Sternengefunkel seine ewig gleich bleibende Runde und sah mit seinem kalten Gesicht auf die Erde und erhöhte diesen Zauber. In der lauen Luft lag der Duft von Jasmin. Von der Kastanie leuchteten die weißen Blüten wie Kerzen. In der Nähe blühten Schneebälle und erinnerten ein bisschen an den Winter, als müssten sie dem noch die Treue halten. Neben dem Schifferklavierspieler lag ein Hund. In diesem Dämmerlicht sah man nur seine glühenden Augen.

Als sie durch das schlafende verträumte Dorf zu der Gastwirtschaft gingen, wurden sie noch von den Melodien begleitet. Horst zog Karin in seine Arme, und mitten auf der Chaussee tanzten sie einen Tango. Anschließend lachten und alberten sie wie die Kinder.

Horst dachte noch an das alte Spinnrad und sagte: „Wie können junge Leute dieses Lied singen?“ Es wäre etwas für alte Leute. Er fühlte sich jung, und so sollte es auch lange blieben.

In ihrem Zimmer machten sie kein Licht. Sie lagen sich in den Armen und vergaßen die Umwelt. Karin dachte, jetzt möchte ich ein Kängurubaby sein und immer nur in der Bauchtausche sitzen. Hier konnte sie sich das Versteckspiel und die täglichen Förmlichkeiten kaum vorstellen. In der Firma ging Horst ihr nach Möglichkeit aus dem Weg.

Horst hatte Karin in sein Bett gezogen. Sie tranken ein Glas Wein, schauten zu den Sternen und auf die schlafende Welt. Er bewunderte, wie schon so oft, ihre Figur und meinte, sie würde auf jedem Laufsteg die Schönste sein. Er zog sie immer wieder in seine Arme. Karin sagte, sie hätte oft Angst, dass sie ein Kind bekäme, und sie wollte ihre Sorge mit Horst teilen. Sehr gelassen sagte er: „Aber Kindchen, es gibt doch gewisse Ärzte, die alles wieder ins Lot bringen. Außerdem, bei deinem Aussehen und Können würde dich auch ein Arbeiter von uns trotz werdenden Kindes heiraten."

In diesem Moment wurde Karin in die harte Wirklichkeit gestoßen. Er hatte ihr gezeigt, dass sie für seine Abenteuer, die mit Aufwand, Anstrengung und Kosten verbunden waren, ein billiger und bequemer Ersatz war. Sie ärgerte sich, dass sie sich nicht besser gegen seine frechen Methoden gewehrt hatte. Sie würde sich aber sofort um einen anderen Arbeitsplatz bemühen. Bis dahin musste sie ja die täglichen Anweisungen entgegennehmen, würde aber nach Dienstschluss keine Minute mehr arbeiten.

Karin und Horst saßen wie immer an ihren Arbeitsplätzen. Obwohl sich da nichts geändert hatte, war es anders. Karin ging zu Renate, sagte, dass sie eine halbe Stunde vor Dienstschluss gehen wollte, sie müsste etwas in ihrem Zimmer mit einem Handwerker machen. Die Zeit würde sie später nachholen. Ob sie es mit Theo besprechen könnte.

Horst, der sich wieder auf einen netten Abend freute, brachte kurz vor Dienstschluss Schriftstücke in Karins Büro. Er ärgerte sich, dass sie nicht da war. Er fuhr zu Thekla, was natürlich mit großem Aufwand verbunden war.

Gleich am nächsten Morgen ging Horst in Karins Büro, wunderte sich über diese Vereinbarung, die ohne ihn gemacht wurde. Er ärgerte sich über Theo, der ihm immer wieder zeigte, dass er der Chef war.

Über Thekla hatte Horst sich auch geärgert. Bei ihr war ein Student gewesen. Sie hatten Schach gespielt. Nach einer kurzen Zeit war er wieder gegangen und beschloss, er würde sich um Karin bemühen.

Den nächsten Tag ging er gleich zu Karin. Er holte eine rote Rose aus seiner Aktentasche und legte sie auf ihren Schreibtisch. Sie schaute auf die Rose und sagte: „In welchem Garten wurde die gestohlen?“ Mit einem Lächeln sagte er: „Im Garten nicht, nur in einer öffentlichen Anlage.“

Karin wollte nicht mehr für Horst arbeiten. Sie saß in ihrem Zimmer und las in der Zeitung die Stellenangebote. Sie hatte ihre Hände aufgestützt, und in ihren Augen standen ungeweinte Tränen. Am liebsten hätte sie sich in Renates Arme geworfen. Aber was sollte sie erzählen? Sie hatte doch schon die Scheidung von ihren Eltern durchgestanden. Ihrer Schulfreundin durfte sie es damals auch nicht erzählen. Ihre Mutter hatte stets gesagt, seine Freude, sein Leid und seine Frömmigkeit trägt man nie auf die Straße. Jetzt hatte sie sogar vier Eltern. Eigentlich hatte sie gar keine Eltern mehr.

Zwei Angebote las sie sehr aufmerksam. Es war ein Krankenhaus, das eine sehr erfahrene Bürokraft suchte. Und eine Molkerei suchte eine Sekretärin. Aber auf diesem Gebiet würden ihre Kenntnisse nicht ausreichen. Sie konnte Kostenvoranschläge für Dachstühle, Fußböden, Türen und Sonstiges berechnen, auch Aus- und Eingänge liefen über ihren Schreibtisch. Sie würde weiter suchen.

Horst, der ihr vor Dienstschluss nichts mehr auf den Schreibtisch legen konnte, zeigte jetzt eine andere Seite. Vor einigen Tagen war er mit Thekla in ihr Büro gekommen. An ihrem Schreibtisch war er stehen geblieben. Sehr lässig hatte er gesagt: „Das ist meine fleißige Tippse. Alles, was ich ihr auf den Schreibtisch lege, erledigt sie sofort. Für die würde es gar keinen Ersatz geben.“ Sie hatte Eintragungen gemacht und die beiden gar nicht zur Kenntnis genommen.

Als der Wagen von Horst auf den Hof kam, hatte Theo am Fenster gestanden. Er wollte sehen, ob die Lastwagen, die Holz vom Güterbahnhof holten, schon wieder auf dem Hof waren. Er dachte, warum sitzt der nicht im Büro? Dann sah er auch noch, dass ein Mädchen aus dem Auto stieg, und sein Ärger wurde noch größer. Er dachte, für diese Halbweltdame wird er hoffentlich eine Erklärung haben. Dem Kleid, das sie trug, fehlte oben und unten etwas. Unten war es zu kurz und oben war kaum etwas auf den Schultern. Hätte die da ganz nackt gestanden, wäre es nicht viel anders gewesen.

Vor Ärger vergaß Theo die Lastwagen. Er ging zu Renate und verlangte, dass sie darauf achtete, wann und wie lange Horst heute in seinem Büro arbeitete. Theo konnte ja nicht ahnen, dass Horst diese Schau wegen Karin veranstaltete.

Nach einer guten Stunde verließ Horst mit Thekla sein Büro. Karin sah sie, als sie zum Auto gingen. Auf dem Hof hatte Horst das Auto so geparkt, dass es fast vor ihrem Fenster stand. Da blieben sie neben dem Auto stehen. Horst öffnete die Motorhaube, schloss sie wieder, dann stiegen beide ins Auto und fuhren davon.

Jetzt saß Karin tatenlos an ihrem Schreibtisch und schaute immer noch auf den großen Lagerplatz. Sie nahm auch nicht den Lastwagen wahr, der da beladen wurde. Karin dachte, ob der viele Schmuck, der an dem Mädchen hing, wohl echt war? Und ob Horst den wohl gekauft hatte? Die Ohrringe reichten fast auf die Schulter. Ihr Kleid war rot und hatte große schwarze Punkte. So schwarz wie die Punkte war auch ihr Haar. Ihre Schuhe und Fingernägel hatten dieselbe rote Farbe wie das Kleid. Sie wunderte sich, dass sie nicht bei Theo waren, und zog einen neuen Bogen in die Schreibmaschine.

So schnell wie Karin hatte Theo seinen Ärger nicht vergessen. Er dachte, für die Firma habe ich doch nicht die richtige Wahl getroffen. Horst kann sich noch nicht von seinen Studentenjahren trennen. Theo nahm den Brief von Hans, der noch auf seinem Schreibtisch lag. Den würde er gleich morgen beantworten. Hans schrieb, dass er drei Wochen mit seiner Familie kommen wollte. Wörtlich schrieb er: „Vater, schreibe, wann es dir am besten passt. Du könntest dann auch einen Chauffeur in Urlaub schikken. Ich würde die drei Wochen einen Laster fahren.“

Theo saß, genau wie Karin, an seinem Schreibtisch und ließ seine Gedanken wandern. Seine Gedanken blieben bei Hans in Amerika. Und Horst sollte ihm jetzt ja nicht über den Weg laufen. Gleich morgen sollte er sich in einer Fahrschule anmelden und für den Lastwagen einen Führerschein machen.

In Berlin hatte Ernst auch seine Probleme. Er musste erkennen, dass sich seine Mutter da nicht als Besucher fühlte. Morgens ließ sie sich das Frühstück im Zimmer servieren, schaute in die Tageszeitung, hatte ihre Termine beim Friseur, bei der Schneiderin und auch im Kosmetiksalon. Von Ernst erwartete sie, dass er abends für sie ein Programm machte. Öfter gelang es ihm mit großer Mühe, dass er für Lotte einen Begleiter fand. Dann aber alles auf seine Kosten: Abendessen, Taxi und weiteres Zubehör. Und mit seiner Brigitte bekam er immer größeren Ärger. Sie glaubte nicht, dass er sich so für seine Mutter aufopferte. Und Mütter fahren auch wieder nach Hause. Brigitte hatte genug von seinen Ausreden, sie hatte lange an seine Märchen geglaubt. Ernst wusste, dass er etwas ändern musste. Aber was? Er fuhr nach Hause. Theo, sein Vater, sollte endlich etwas unternehmen. Außerdem hatte diese Zeit ihn schon ein Vermögen gekostet.

Fast auf der gleichen Stelle, wo Horst sein Auto geparkt hatte, stand jetzt das Auto von Ernst. Sein Sportwagen war mit sehr viel Luxus ausgestattet.

Als er zu Theo ins Büro ging, sahen ihm staunende Augen entgegen. Theo sagte auch gleich: „Junge, du hast einen schlechten Zeitpunkt gewählt. Wenn du jetzt sagst, du brauchst Geld, kannst du sicher sein, dass ich den monatlichen Scheck für Lotte nicht erhöhe." Er ließ Ernst gar nicht zu Wort kommen und sagte: „Der, der hier im Büro sitzen sollte, denkt, er ist immer noch Student, kommt hier mit einer Halbweltdame an und macht hier eine Stippvisite. Ab morgen werde ich ihn an die Kandare nehmen. Und der, der hier mal die Firma übernehmen sollte, sitzt in Amerika."

Ernst hörte sich alles geduldig an. Im Stillen bedauerte er Theo doch ein bisschen. Der wollte doch aus der Firma aussteigen. Jetzt saß er hier noch fester als vorher. Damals hatte er die Hoffnung, dass Horst bald auf seinem Stuhl sitzen würde, und jetzt hatte er schon Bedenken, dass er gar kein Geschäftsmann wird. Dann erzählte Theo, dass Hans mit seiner Familie kommen wolle. Für Ernst war das eine gute Nachricht. Er sagte: „Ja, Amerika, das wäre doch etwas für Mutter. Das werde ich ihr in den rosigsten Farben schildern." Theo, der den ganzen Tag noch keinen Grund zum Lachen hatte, musste schallend lachen. Aus Höflichkeit lachte Ernst auch. Theo sagte: „Junge, die haben eine Gärtnerei mit Großversand. Soll Lotte da Kisten packen oder Blumen binden? Und das mit ihren perlmutt-gelackten Fingernägeln und dem vielen Schmuck, der schon ihre zweite Haut ist!"

Nachdem Ernst gegangen war, nahm Theo einen Briefbogen und schrieb an Hans. Es wurde ein sehr kurzer Brief. Er schrieb nur, dass er mit seiner Familie zu jeder Zeit kommen könne. Sie könnten in dem Bauernhaus wohnen. Er freue sich sehr auf sein Kommen, auch auf seine Familie. Dann ging er in das Büro, wo Renate saß.

Von dieser Fahrt hatte Ernst sich sehr viel versprochen. Seine Stimmung war nicht die beste. Er überlegte, wer mal mit Lotte ins Theater gehen könnte. Bevor er nach Hause fuhr, würde er Brigitte besuchen. Für ihn war es kein guter Tag. Brigitte war nicht da. Sie arbeitete in einer Bank und war vielleicht mit Kollegen unterwegs. Seine Stimmung war nicht die beste. Es änderte sich auch nicht, als Lotte ihn in seiner Wohnung empfing. Bei einem Glas Wein schilderte Lotte ihren Tagesablauf und zählte alle Höhen und Tiefen auf. Er ließ es schweigend an seinen Ohren vorbeigleiten. Seine Gedanken waren bei Brigitte, als Lotte sagte, im Opernführer hätte sie noch einmal die Oper „Figaros Hochzeit" von Wolfgang Amadeus Mozart gelesen. Zu der Oper wollte er doch Karten holen – er kam sehr schnell in die Wirklichkeit zurück.

Karin saß in ihrem Zimmer und blätterte in ihrem Kalender. Was sie vermutet hatte, war Wirklichkeit geworden. Sie wagte den Gedanken gar nicht zu denken, aber sie bekam ein Kind. Sie wollte ihren Bauch einziehen, was nicht gelang. Auf ihrer Stirn bildete sich der kalte Schweiß.

Jetzt brauchte sie keine Bewerbungen mehr zu schreiben. Sie musste nur noch ihre Kündigung schreiben, damit sie rechtzeitig fort war. Ihre Zimmermiete würde sie einen Monat im Voraus bezahlen und sagen, sie hätte Urlaub. Als sie jetzt an ihr neues Kostüm dachte, das für ihre Begriffe sündhaft teuer war, schwammen Tränen in ihren Augen.

Auf der Landkarte würde sie schon die richtige Stadt, den richtigen Fluss und die richtige Brücke finden. Es war gut, dass sie nicht schwimmen konnte, deshalb konnte sie seelenruhig ins Wasser springen. Berufsfischer können auch nicht schwimmen. Wenn sie in Seenot geraten, haben sie einen schnellen Tod. Nachts, wenn weit und breit keine Leute sind, würde sie mitten von einer Brücke springen. Der Strom könnte sie dann weit hinaustreiben. Ihre Handtasche mit dem Geld und ohne Namen würde sie in einen Abfallkorb werfen. In den nächsten sechs Wochen würde sich ihre Figur noch nicht verändern. Und die würden für ihre Kündigung ausreichen.

Ernst saß mit Lotte im Schauspielhaus, sie sahen die Oper „Figaros Hochzeit“. Er ärgerte sich, dass er trotz großer Mühe und großzügigen Angebots keinen Begleiter auftreiben konnte. In der Pause tranken sie an der kleinen Bar ein Glas Sekt. Da gesellte sich Heinrich Klatt zu ihnen. Sie hatten sich hier schon öfter getroffen, einmal in Uniform (als Major). Ernst entfernte sich mit den Worten, er wolle Freunde begrüßen. Er hoffte sehr, dass Klatt ein ständiger Begleiter von seiner Mutter werden würde.

Die Wünsche von Ernst und seine heimlichen Gebete waren Wirklichkeit geworden. Lotte und Heinrich waren jeden Tag unterwegs. Er war Junggeselle, hatte eine Hausdame und eine 5-Zimmer-Wohnung. Es dauerte auch nicht lange, dann war Lotte öfter bei Heinrich als in ihrem Hotel. Sie besuchten oft ein Tanzcafé, Konzerte oder einen Zoo. Dann kamen die Garderobe und der viele Schmuck von Lotte voll zur Geltung.

Karin feilte immer noch an ihrer Kündigung. Drei Bogen hatte sie schon zerrissen. Schrieb dann kurz und knapp, dass ihr die Gelegenheit für ein weiteres Fortkommen geboten wurde, und kündigte termingerecht ihren Arbeitsplatz.

Gleich am nächsten Tag legte Karin die Kündigung auf Renates Schreibtisch. Kurz darauf kam Renate zu ihr ins Büro. Mit dem Brief in der Hand blieb sie vor ihrem Schreibtisch stehen. Minutenlang kreuzten sich ihre stummen Blicke. Dann zerriss Renate den Brief und warf ihn in den Papierkorb.

Renate setzte sich vor ihren Schreibtisch und fragte nach dem Betrieb. Sprach auch von ihrer Enttäuschung, dass sie nach ihrer engen Zusammenarbeit dieses nackte Schreiben auf den Tisch bekäme. Bevor sie es Theo erzählte, wollte sie zuerst Näheres von ihr erfahren.

Karin, die als Kind kein sorgloses Leben hatte, dann schon stumm wie Erwachsene weinte, dachte, immer lächeln, nichts zur Schau stellen. Als sie Renate anlächelte, verzogen sich nur ihre Lippen, in ihren Augen lag kein Lächeln. Unter Renates forschendem Blick konnte Karin nicht verhindern, dass sich ihre Augen mit Tränen füllten.

Sehr ratlos sah Renate in das traurige Gesicht. Sie sagte: „Heute nach Feierabend komme ich mit zu dir, dann sprechen wir über alles. Wir sind doch Freunde.“ Karin verzog ihre Lippen wieder zu einem Lächeln.

Renate hatte eine Flasche Wein mitgebracht. Sie füllte die Gläser und sagte: „Jetzt will ich wissen, was mit dir los ist.“ Ohne dass Karin es wollte, liefen Tränen über ihre Wangen. Sie sagte: „Einen anderen Arbeitsplatz habe ich noch nicht – Ich muss aber fort“, und wurde sehr verlegen. Renate sagte: „Du bekommst ein Kind. Dann weiß ich auch, von wem.“ Sie sagte es so, als wäre es die normalste Sache von der Welt.

Darüber, dass Karin fortmusste, waren sie sich einig. „Theo werden wir nichts von dem Kind sagen. Du musst nach Hause zu deiner Mutter, die braucht für ein paar Wochen Hilfe. Aus den Wochen machen wir dann Monate. Morgen fahren wir zu dem Bauern, der an Theo etwas von seinem Grundstück verkauft hat. Dem fehlten doch Arbeitskräfte, da kannst du ohne Bezahlung arbeiten. Die Landluft wird dir nicht schaden.“

Karin ließ sich nicht überzeugen und fragte, was später mit dem Kind würde. Mit einer Selbstverständlichkeit sagte Renate: „Dafür sorge ich als Patentante. Die erste Zeit bleibst du mit dem Kind bei dem Bauern. Später geben wir Ingrid und Egon das Kind. Du kannst wieder bei uns arbeiten und auch das Kind besuchen. Vor Horst kannst du dich ja hüten.“

Nachdem Renate gegangen war, war von der rosaroten Farbe, die hier zurückbleiben sollte, nicht mehr viel übrig geblieben. Karin saß am Fenster und sah den Tag in den Abend gleiten. Am Himmel hatte die Sonne ein malerisches Rot zurückgelassen. Mit kurzem Flügelschlag flogen acht Raben ihre Schlafplätze an und erhöhten mit ihrem Schwarz noch dieses Bild. Karin blieb noch lange am Fenster sitzen und schaute in die Nacht. Wenn Renate sie auch noch nicht ganz überzeugen konnte, so hatte sie doch viel erreicht: dass sie ihre Brücke vergaß. Es war aber gut, dass ihr eine Schulter zum Anlehnen geboten wurde.

Am nächsten Tag saß Karin neben Renate im Auto. Sie fuhren ihrem Ziel entgegen. Die Bauernhäuser, die an der Chaussee standen, hatten hübsche Vorgärten. An Blumen ließe sich da kaum noch etwas überbieten. Überwiegend waren es tellergroße Sonnenblumen, ihr leuchtendes Gelb zeigten sie im großen Umkreis. Man sah auch die hohe hellblaue Königskerze, den stolzen Heinrich, die dunkelblaue Orchidee, der Volksmund nannte sie Schuhblume. Die Ringelblumen legten richtige kleine gelbe Inseln in die Gärten. Und in vielen Farben blühten überall Rosen. Einige Gartenpforten hatten hohe runde Bogen, die mit Kletterrosen umrankt waren, deren viele Blüten an das Märchenschloss von Dornröschen erinnerten. Auf einigen Scheunen hatten Störche ihre Nester. Man sah sie an- und abfliegen, oder sie standen im Nest und erhöhten noch diese Idylle.

Renate fuhr in gedrosseltem Tempo. Sie musste auf Radfahrer, Kinder und Pferdewagen achten. Dann ließ sie das Auto auf den Hof von Bauer Gustav Dahms rollen. Ein Hund, der vor seiner Hütte lag, stand auf und bellte in seiner stärksten Tonart und sprang mit seiner Kette hin und her.

Aus einer Seitenpforte kam die Bäuerin Emma auf den Hof. Sie wunderte sich auch, genau wie der Hund Zeno, über das Auto. Sie ließ den Hund in die Hütte gehen. Da legte er seinen Kopf auf die Vorderpfoten und behielt die Besucher im Auge.

Karin fühlte sich gar nicht wohl. Jetzt war sie mit Renate hier. Sie wollte sich gar nicht vorstellen, dass sie hier mal allein bleiben sollte.

Sie hatten sich vor die Gartenlaube gesetzt. Renate sprach

von Theo, der hier auf diesem Hof ja seine Futterquelle für die beiden Pferde hatte. Ohne Umschweife sagte Renate, ihre beste Freundin bekäme ein Kind, das sollte aber nicht an die große Glocke gehängt werden. Deshalb hätte sie gedacht, ob ihre Freundin hier nicht einige Monate auf dem Hof bleiben und arbeiten könnte. Natürlich sollten dem Hof keine Unkosten entstehen. Später würden sie das Kind in Pflege geben und ihre Freundin würde wieder in ihrem alten Betrieb arbeiten.

Auf dem Gesicht von Karin lag ein tiefes Rot. Sie war sehr verlegen. Renate bot sie hier an, als würde eine Milchkuh mit ihren besten Vorzügen verkauft. Die Bäuerin sagte: „Na, so etwas, wir bekommen ein Kind", und ihr abschätzender Blick ruhte auf Karin. Auf Karins Wangen vertiefte sich das Rot. Sie dachte, ich sitze hier, als würde auf dem Viehmarkt ein Handel abgeschlossen. Emma, die Bäuerin, bedauerte, dass ihr Mann Gustav nicht hier war. Er würde auch so bald nicht kommen. Er war mit dem Kartoffelpflug unterwegs und häufelte die Kartoffeln an.

Emma wollte noch gebackenen Stollen, Butter und Bienenhonig anbieten. Mit der Begründung, sie müssten noch Besorgungen machen, lehnte Renate ab. Sie vereinbarten noch den Zeitpunkt, und gemeinsam besichtigten sie das Zimmer, das Karin bewohnen könnte.

Als sie wieder ins Auto stiegen, war der Hund aufgestanden, beobachtete den Vorgang und ließ sie ohne Bellen abfahren.

Die Rückfahrt verlief sehr schweigsam. Renate musste auf den regen Verkehr achten, und Karin fand sich mit ihrem ungewollten Schicksal ab. Sie war aber doch froh, dass sie in Zukunft eine Bleibe hatte. Mit mehr Selbstvertrauen konnte sie wieder in die Welt blicken.

Karin saß wieder an ihrem Schreibtisch und bearbeitete die Akten, die Horst ihr hingelegt hatte. Sie konnte kaum über sich nachdenken. Es gab auch Momente, in denen sie ihren Zustand vergaß, denn Hans war mit seiner Familie aus Amerika hier und schaute auch mal in den Betrieb, in dem er ja einige Jahre als angehender Chef gearbeitet hatte.

Hans hatte eine entzückende Familie. Wegen der Kinder waren sie mit dem Schiff gekommen. Als das Schiff in Bremen anlegte, hatte er gleich für drei Wochen ein Auto gemietet. Seine Frau Eireen sprach kaum ein Wort Deutsch. Sie überspielte alles mit ihrem Charme und hatte die Lacher immer auf ihrer Seite. Dorette war mit ihren drei Jahren ein zauberhaftes Wesen. In ihren kleinen trippelnden Schritten lag sehr viel Anmut. Ihre dunklen, lockigen Haare waren zu einem Pferdeschwanz zusammengebunden und die veilchenblauen Augen waren zu dem fast schwarzen Haar ein hübscher Kontrast. Piet war fast zwei Jahre alt. Er war ein freundliches Kind. Sein Lächeln verschenkte er nach allen Seiten. Mit seinen warmen braunen Augen zog er alle in seinen Bann. Hans befürchtete schon, dass er ein Problemkind würde. Außer dem Wort „Yes" hatte er noch nichts gesagt.

Theo hatte der Familie sein Bauernhaus zur Verfügung gestellt. Er hatte auch zwei Kinderbetten aufstellen lassen. Diese Zeit blieb er mit Renate in seiner Stadtwohnung. An die Versorgung hatte Theo auch gedacht, denn Ingrid und Egon erfüllten alle Wünsche. Vor dem Frühstück machte Hans oft eine Radtour durch die Felder und begann auf seine Art den neuen Tag. Und über alldem wölbte sich ein glasklarer Himmel, ohne eine einzige Wolke.

Hier kamen alle auf ihre Kosten. Die Kinder planschten

in dem kleinen Teich oder liefen hinter den Hühnern und Tauben her. Falk, der Jagdhund, war auch sehr geduldig und ließ sich jeden Tag sehr ausgiebig von den Kindern bürsten. Aus dem Kaninchenstall hatte Hans eine hübsche Häsin aus ihrer Box geholt und ließ sie von den Kindern streicheln. Hans sah Piet an und sagte: „Das ist Häsi." Mit verschmitztem Lächeln sagte Piet: „Yes." Eireen lag mit einem Buch in der Hängematte und schaute sich ihre Familie an.

Sehr oft spannte Egon vormittags die Pferde vor die Kutsche. Nachmittags hatten sie immer Verabredungen mit Theo, Horst oder Ernst. Heute fuhren sie dem Wald entgegen. Der Waldweg war mit unzähligen Tannennadeln gepolstert und schluckte das Rollen der Wagenräder und das Klappern der Pferdehufe, so als dürfte diese Stille nicht gestört werden. In der Sonnenwärme dufteten die dunklen Tannen.

Egon fuhr zur Waldwiese. Da blühten viele Blumen und hatten die Wiese zu einem bunten Teppich gemacht. Ein leichter Wind strich über den Löwenzahn und verteilte ihn nach allen Seiten. Drei Rehe standen in der Wiese und sahen ihnen entgegen. Sie kannten ihre Schonzeit.

Auf dem Rückweg fuhr Egon zur Försterei. Dort bot ein großer Geflügelhof immer eine tolle Schau. Egon hoffte, dass der Pfau seine Federn als Rad aufgestellt hatte und sie nicht wie eine Braut als Schleppe hinterherzog.

Adelheid, die Frau vom Förster, hatte sie gesehen und ließ sie nicht gleich wieder fort. Sie gingen alle in den Garten, der ein parkähnliches Aussehen hatte. Die Zwillinge Ruth und Eva kamen von der Wippe und freuten sich über die kleinen Besucher. Auf dem Rasen lagen Bälle, Reifen, Puppen, Dreiräder und ein umgekippter Puppenwagen. In der Sandkiste lagen kleine Eimer und Schaufeln. Die Kinder vertieften sich in ihr Spiel, von der verschiedenen Sprache konnte man nichts feststellen. Eireen meinte, sie hätte mit der Verständigung größere Schwierigkeiten. Sie war aber froh, dass Hans ihr Dolmetscher war. Der Jagdhund Falk lag wie ein Standbild auf der Terrassenstufe und schaute sich das lebhafte Treiben an. Alle bedauerten den kurzen Besuch, dem eine Verabredung folgen sollte.

Nachmittags waren Theo und Renate gekommen. Ingrid hatte den Tisch vor der Gartenlaube gedeckt und servierte Torte und Marmorkuchen. Die Sonne meinte, sie müsste den Urlaubern auch etwas Gutes tun, und zog schon tagelang am wolkenlosen blauen Himmel ihre ewig gleich bleibende Bahn. Hans sagte: „Vater, diese Idylle ist mehr wert als das ganze Werk." Theo freute sich über diese Anerkennung. Eireen sagte, sie hätte nicht verstanden, was Hans gesagt hatte, sie würde heute noch die deutsche Sprache lernen. Sie sah Piet an und sagte: „Du auch." Mit seinen warmen dunklen Augen sah er Eireen an und sagte: „Yes." Alle lachten über diesen hübschen kleinen Kerl.

Nach Feierabend kam Horst mit einer sehr jungen Dame. Horst stellte Regina vor. Sie war von einem früheren Studienkollegen die Schwester. Sie hatte gerade ihr Abitur gemacht und wollte erst ein bisschen durch die Welt bummeln. Sie saßen da und hielten sich an den Händen. Ihre Blicke, die sie tauschten, waren vielsagend. Sie blieben auch nicht lange. Theo blickte ihnen nicht sehr freundlich hinterher. Renate sagte lieber nicht, was sie dachte.

Einige Tage später erlebte Theo dann noch eine größere Überraschung. Sie saßen alle auf der Terrasse und sahen einen großen Opel Kapitän, der auf das Grundstück rollte. Theo dachte, Ernst muss eine eigene Autofabrik haben, wenn er sich schon wieder ein anderes Auto leisten kann. Dann sah er, dass ein fremder Mann aus dem Auto stieg. Als der die Seitentür öffnete, stieg Lotte aus dem Auto. In seinem Hirn kreuzten sich viele Gedanken. Piet, den er auf dem Schoß hatte, setzte er runter, der dann noch sein „Yes“ sagte. Theo wusste nicht, ob er ihnen entgegengehen sollte, er könnte sich auch mit Renate verabschieden. Hans wunderte sich auch, aber anders. Er fragte: „Ist das Mutter?“ Dann waren sie auch schon auf der Terrasse.

Lotte war ganz Dame. Sie trug silberne Riemenschuhe, und ihre Fingernägel hatten den gleichen Silberton. Ihre Haare schimmerten bläulich. Ihre Augenwimpern waren angeklebt, die Brauen waren dunkel gefärbt. Zu dem tintenblauen Kostüm trug sie sehr viel Schmuck.

Sie begrüßten sich so, als wären sie hier verabredet. Lotte stellte Heinrich Klatt als ihren Theaterbegleiter vor. Ihr Leben in Berlin machte er auch sehr angenehm.

Nachdem Theo und Heinrich über belanglose Dinge gesprochen hatten, fragte Heinrich, ob er ihn mal unter vier Augen sprechen könnte. Theo sagte: „Sie könnten mal zu den Pferden gehen.“ Anschließend gingen sie in die Gartenlaube. Heinrich sagte klipp und klar, er wolle Lotte heiraten und Lotte wolle es auch. Er hätte einen großen Bekanntenkreis, da müsse er Lotte immer als seine Bekannte vorstellen, und das wollte er wenn möglich sehr schnell ändern.

Theo sagte: „Eine Scheidung ist kein Kuhhandel“, da brauchte er von seinem Anwalt eine Beratung. Mit einer lässigen Handbewegung wischte Heinrich die Bedenken fort. Er sei kein armer Mann, Lotte würde dann seine einzige Erbin, sie würde in keiner Weise an Theo Ansprüche stellen. Einzige Bedingung sei eine schnelle Scheidung. Die

Eheschließung solle auch nicht an die große Glocke gehängt werden. Theo konnte sein Glück kaum fassen. Er würde sich aber hüten und seine Freude offen zeigen. Dann konnte er Renate heiraten, und das würden sie auch nicht bekanntgeben.

Hans konnte kaum glauben, dass drei Wochen so schnell vergehen. Er fühlte sich hier immer noch zu Hause. In dieser Zeit hatte Eireen sich mit der deutschen Sprache angefreundet. Wegen Ruth und Eva wäre Dorette gerne noch hier geblieben. Piet spielte auch gerne mit den drei Mädchen. In seinem warmen rehbraunen Blick lag immer etwas Strahlendes. Sein verschmitztes Lächeln verteilte er nach allen Seiten. Aber außer „Yes" sagte er kein Wort.

Einen Tag vor der Rückreise trug Hans das Gepäck in Theos Auto. Bis Bremen wollten Theo und Renate sie begleiten. Und Hans konnte das Auto im Leihhaus abgeben und mit seiner Familie in Bremen in Theos Auto steigen.

Als die Passagiere an Bord gingen, spielte eine Blaskapelle „Muss i denn, muss i denn zum Städtele hinaus". Das Schiff legte sehr bald ab, und Theo griff nach Renates Hand. Ihre Blicke begleiteten es noch, als es schon in die offene See stach und immer kleiner wurde.

Der Alltag hatte alle wieder im Griff. Renate saß in ihrem Büro und schaute sich die Bewerbungsschreiben an, die Karin ersetzen sollten. Mit vier Briefen ging sie zu Theo. Ihm war es egal, wen sie einstellte, denn in acht Wochen wäre Karin ja wieder da. Renate meinte, auf Ältere ist mehr Verlass. Sie entschied sich für Rita, die 48 Jahre alt war. Und Horst sollte seine Freude an seiner Mitarbeiterin haben.

Tagelang hatte Karin schon ihre Sachen zusammengepackt. Einige hatte sie in Renates Auto gestellt, und was sie nicht mitnehmen wollte, brachte sie in Renates Wohnung. Mit sehr lockeren Blusen konnte sie ihren Zustand immer noch verbergen.

Wie immer hielt Renate ihr Versprechen und fuhr mit Karin zu ihrer neuen Bleibe. Auf der Fahrt hing jeder seinen Gedanken nach. Als sie da ankamen, wurden sie von Emma mit viel Aufwand empfangen. Das Zimmer, in dem Karin wohnen sollte, hatte eine neue Tapete und neue Gardinen bekommen. Die Tischdecke hatte die dazu passende Farbe, und in einer Kristallschale waren rote Rosen. Nachdem das Gepäck im Zimmer abgestellt war, tranken sie Kaffee und aßen Napfkuchen, den Emma extra gebacken hatte. Emma sprach mit ihnen wie mit altvertrauten Familienmitgliedern. Das Gleiche dachte auch Zeno, der stand vor seiner Hütte und sah ihnen schwanzwedelnd entgegen.

Bevor Renate in ihr Auto stieg und zurückfuhr, ging sie zu Zeno und streichelte ihn. Vielleicht galt diese kleine Geste auch nur Karin. Sie hatte Karins verschleierte Augen gesehen und wollte so den Abschied auflockern. Sehr langsam ließ sie dann das Auto vom Hof rollen.

Emma sah, dass in Karins Augen Tränen standen. Sie dachte, wir werden zu den Schafen gehen, die so selbstlos sind. Wenn man dann noch die Hand durch ihre weiche Wolle gleiten lässt, vergisst man seinen Kummer. Sie sagte: „Auf mich warten die Schafe, die sind noch in der Koppel und müssen in den Stall. Vielleicht könnten Sie dabei helfen?“

In der Koppel standen vier Schafe und ein Lamm. Mit hopsenden Sprüngen kam es zu Emma, die es streichelte. Sie sagte: „Man muss es einfach gern haben.“ Dann streichelte Karin auch noch auf dem Lamm umher. Die Katze

Minka war ihnen gefolgt und hatte sich auf eine Stange gesetzt. Von da sah sie sich sehr erhaben das ganze Getue an.

Die Schafe kannten ihren Weg. In ihrem Stall war schon frisches Stroh für ihr Nachtlager ausgebreitet. Inzwischen war Gustav auch nach Hause gekommen und kam aus dem Pferdestall. Als er Emma und Karin sah, sagte er zu Karin: „Hier kannst du gleich noch einen Mitarbeiter kennen lernen.“ Dann ging er mit Karin in den Pferdestall, der für ein Pferd sehr groß war. Gustav meinte, der arbeitet auch den ganzen Tag, sie seien aufeinander angewiesen. Deshalb nannte er ihn Kumpel, wenn es auch kein Pferdename wäre.

Als sie ins Haus gingen, kam der Kuhjunge Helmut auf den Hof und ließ die acht Kühe zur Tränke gehen. Zum Melken kam eine Frau aus dem Dorf.

Nach dem Abendessen sagte Gustav: „Heute werden wir eine Flasche Wein trinken.“ Emma fand die Idee gut, sagte: „Den trinken wir im Garten.“ Karin trug Gläser und eine Tischdecke, Emma kam mit den Kissen für die Stühle hinterher. Gustav hatte eine Flasche Johannisbeerwein aus dem Keller geholt.

Die laue Luft war noch von dem sonnendurchfluteten Tag übrig geblieben. Am Himmel hatte sie noch ein unbeschreibliches zartes Rot zurückgelassen. Irgendwo wurde auf einer Handharmonika eine weiche, tragende Melodie gespielt. Es war, als wäre man diesem davongleitenden Tag noch ein Ständchen schuldig.

Es dauerte nicht lange, dann fanden sich am Himmel immer mehr Sterne ein. Karin wunderte sich, dass Gustav einige Sterne mit ihrem Namen nannte. Er zeigte ihr auch die Milchstraße, den kleinen und den großen Bären. Die Waage konnte man auch noch am Himmel sehen. Emma sagte: „Zeno kann hier auch noch ein bisschen bei uns sitzen“, und holte ihn in den Garten. So als wäre es ganz selbstverständlich, legte er sich vor Karins Füße. Gustav wunderte sich. Er streichelte seinen Kopf und sagte: „Ja, du willst uns zeigen, dass dir Karin auch gefällt.“ Dann beugte Karin sich auch zu ihm und legte ihre Hand auf sein warmes Fell.

Drei Fledermäuse jagten nach Beute und strichen wie dunkle Schatten durch die Luft. In der Ferne bellte ein Hund. Sein Bellen hatte einen klagenden und traurigen Ton, so als müsste er seinen Kummer dieser stillen Nacht anvertrauen. Ein lauer Wind strich durch die Birken, und die wiegenden Blätter rauschten leise vor sich hin.

Emma erinnerte an den nächsten Tag und an die anfallenden Arbeiten. So fand der Abend ein schnelles Ende. Zeno wurde wieder zu seiner Hütte gebracht. Die anderen Gegenstände nahm man mit ins Haus. Bevor Karin in ihr Zimmer ging, sagte Gustav, sie müsste auf ihren Traum achten. Denn alle Träume, die man die erste Nacht unter einem fremden Dach träumt, gehen in Erfüllung.

In ihrem Zimmer ließ Karin diesen Tag Revue passieren. Sie ließ alle Einzelheiten sehr langsam an sich vorüberziehen. Sie konnte es kaum glauben, dass Renate sie heute erst hergebracht hatte. Und schon gar nicht, dass sie gestern noch im Büro saß. Da hatte sie noch einen Berg Akten bearbeitet. Nach Büroschluss hatte sie noch kleine Einkäufe erledigt. Später in ihrem Zimmer hatte sie schon an den nächsten Tag gedacht. Jeder Tag verlief so wie der andere.

An die Zukunft wollte Karin gar nicht denken, wenigstens heute nicht. Renate hatte doch alles beschlossen. Sie war hier die Nichte. Weil sie ein Kind bekäme, müsste es stillschweigend über die Bühne gehe, denn ihre Eltern dürften es nicht wissen. Einige Monate sollte sie noch mit dem Kind hier bleiben, dann kam es zu Ingrid und Egon, und sie würde wieder im Büro sitzen.

Eine ganze Zeit stand Karin am Fenster und schaute in die blauschwarze Nacht. Sie konnte es nicht verhindern, dass unentwegt Tränen über ihr Gesicht liefen. Der Mond kam mit seinem kalten und ewig gleich bleibenden Gesicht hinter dicken Wolken hervor. Der zog seine Bahn, der kümmerte sich nicht um kleine und große Schicksale und schaute ungerührt auf alle fünf Erdteile herab.

Dann lag Karin in einem richtigen Bauernbett. Der gewebte Bezug und das Kopfkissen waren rot-weiß kariert. Das Inlett war mit Gänsefedern und Daunen gefüllt. Sie dachte an die viele Mühe, die sich Emma und Gustav gemacht hatten. Sie würde morgen auch sehr früh aufstehen und sehr viel mitarbeiten.

Ihre Gedanken streiften viele Stationen und ließen sie nicht gleich einschlafen. Dafür schlief sie sehr lange in den neuen Tag. Um zehn Uhr kam Emma mit einem großen Tablett und brachte ein ausgiebiges Frühstück. Und Karin wurde sehr verlegen, dass sie so lange geschlafen hatte.

Emma fragte nach ihrem Traum. Karin meinte, sie hätte wohl gar nichts geträumt. Ja, sie hatte doch geträumt: Gustav hatte Kumpel gebürstet und gestriegelt. Sie wollte helfen, aber im Stall hatte sie Angst gehabt und hatte gefragt, ob sie Kumpel nicht draußen bürsten könnte. Dann hatte Gustav Kumpel auf den Hof gebracht. Sie hatte gebürstet und gebürstet.

Emma sagte, das wäre für sie ein guter Start. Wenn man von Pferden, Blumen, loderndem Feuer und klarem Wasser träumt, bedeutet es immer etwas Gutes. Mit einem Lächeln sagte Karin: „Der Traum hat sich schon mit diesem Frühstück bewahrheitet."

Wegen Horst hatte Renate lange den richtigen Ersatz für Karin gesucht, hatte sich für die 48 Jahre alte Rita entschieden. Sie musste sehr bald feststellen, dass ihre Mühe umsonst war, denn Horst hatte seinem Vater seine Verlobung mit Regina mitgeteilt. Theo dachte, der Bursche ist des Teufels, wie kann er das 19-jährige Kind heiraten?

An eine Verlobung hatte Horst gar nicht gedacht. Der Vater von Regina hatte ihm sehr deutlich gesagt, dass seine Tochter kein kleines Abenteuer sei. So wurde die Verlobung beschlossene Sache. Horst, der bei allen Frauen leichtes Spiel hatte, wusste nicht, ob es bei ihm Liebe war. Vielleicht war es nur die Unberührtheit, die sie ihm geschenkt hatte. Alle Bedenken von ihrem Vater kamen zu spät. Regina hatte zu ihrer Unschuld auch ihr Herz verschenkt. Horst war Tag und Nacht in ihren Gedanken.

Regina erwähnte immer öfter das Wort „Hochzeit". Horst war dann stummer Zuhörer und merkte, dass seine Handflächen feucht wurden. Er hatte Thekla noch nicht vergessen. Mit ihrer Erfahrung konnte sie ihm auch mehr bieten. Regina sprach, als sei die Hochzeit schon eine beschlossene Sache, hatte schon eine Gästeliste aufgestellt und wusste auch schon, wie ihr Brautkleid aussehen sollte.

Immer wenn Regina einen Stadtbummel machte, besuchte sie auch ihren Vater in seinem Büro. Mit einer Selbstverständlichkeit ging sie an der Vorzimmerdame vorbei. Bei ihrem Vater setzte sie sich gleich auf seinen Schreibtisch, der auch gleich sagte: „Ich weiß, du brauchst Geld."

„Nein, eigentlich nicht, ich wollte nur wissen, wie teuer mein Brautkleid sein dürfte." Sie habe ein Kleid gesehen, dass eine Wolke aus Perlen und Spitze war.

Ihrem Vater, der stets betonte, dass ihm für seine einzige Tochter nichts zu teuer war, kamen doch Bedenken, dass diese Wolke aus Perlen und Spitze seine Möglichkeit überschreite. Ohne dass er sich geäußert hatte, hauchte sie ihm einen Kuss auf die Wange, sagte: „Ich wusste, dass du das Kleid bezahlst." Mit einer Kusshand verließ sie das Büro.

Mit einem langen Blick schaute ihr Vater auf die Tür, durch die sie verschwunden war. Er dachte, gegen diesen Fratz kann man sich nicht wehren. Mit einem Lächeln beschäftigte er sich wieder mit seinen Akten. Mit einer kleinen Schadenfreude dachte er, dieses Problem wird Horst mir bald abnehmen. Er ahnte nicht, dass Horst jetzt schon seine Probleme hatte. Die waren aber von einer ganz anderen Art.

Die Hochzeitsvorbereitungen waren in vollem Gange. Auf der Gästeliste standen schon 108 Personen. Sehr bescheiden hatte Horst gefragt, ob er auch noch ein paar Gäste einladen könnte. Aber natürlich, im Garten würde doch ein großes Zelt aufgestellt. Das Festmahl sollte vom Hotel Königsstein geliefert werden. Drei Ober würden das Essen und Getränke servieren. Und die Kapelle, die jeden Sonntag im Hotel zum Tanzcafé aufspielte, sollte hier auch mit zärtlichen Weisen begleiten. Hinterher sollten sich nach ihren flotten Klängen die tanzenden Paare wiegen.

Regina betrachtete ihren Ring, den sie bald als Ehefrau an der rechten Hand tragen würde. Ihr Blick verweilte eine Zeit auf dem Ring mit dem roten Rubin. Aber zur Hochzeit wünschte sie sich einen Ring mit einem Diamanten. Den sollte Horst ihr schenken.

Für Theo war diese beschlossene Hochzeit eine Hiobsbotschaft. Nach Möglichkeit ging er Horst aus dem Weg. Er würde da auch nur ein kurzer Gast sein. Aus Amerika kam Hans mit Familie angereist. Theo und Renate nahmen sie wieder in Bremen in Empfang. Dorette und Piet mühten sich mit ein paar deutschen Worten ab. Als Theo Piet die Hand gab und sagte: „Na, du kleiner Yes-Sager", sah er ihn mit seinen hübschen Augen an und sagte „Opa". Hans, sein Vater, freute sich, dass seine Mühe nicht umsonst war.

Die Familie sollte wieder in dem Landhaus wohnen. Theo setzte Hans wieder vor dem Autoverleih ab und fuhr mit seiner Familie weiter. Es dauerte nicht sehr lange, dann fuhr Hans schon hinter ihnen her. Wie schon einmal wurden sie wieder von Egon und Ingrid versorgt.

Hans wunderte sich, dass hier die Hochzeit kaum erwähnt wurde. Sie waren doch extra deshalb gekommen. Mit den Worten: „Horst und Regina müssen beide noch erwachsen werden. Wie kann er mit dem Luxuspüppchen mal die Firma übernehmen?" Für Hans stand die Hochzeit auch nicht im Mittelpunkt. Er freute sich, dass er mal wieder zu Hause war. Und die Kinder würden wieder beim Förster mit Ruth und Eva spielen.

Die Hochzeit, die in einem sehr großen Rahmen gefeiert wurde, war schon wochenlang das Stadtgespräch.

In die Kirche und in die Wohnung hatte eine Gärtnerei viele Rosen gebracht. Man könnte meinen, ganz Europa wäre sein Lieferant gewesen. Vor der Kirche hatten sich viele Schaulustige eingefunden, die auch auf ihre Kosten kamen.

Die Hochzeitsgäste wurden von acht gemieteten Taxen zur Kirche gefahren, die die Paare einzeln einsteigen ließen. So fuhren sie eine Zeit hin und her und boten so schon eine tolle Schau. Die drei letzten Taxen boten die größte Schau: Der einen Taxe entstiegen drei kleine Mädchen. Der Fahrer stieg auch mit aus und reichte ihnen die kleinen

Körbchen, die von den Rosen nur Blütenblätter enthielten. Auf dem Kopf hatten sie kleine Rosenkränze. Ihre langen rosa Kleider hatten noch einen rosa Tüllüberwurf. Sie sahen entzückend aus. Das dachte auch der Fotograf, der vor der Kirche schon viele Aufnahmen gemacht hatte. Er dachte, hier mache ich Starfotos. Mit der nächsten Taxe kamen zwei kleine Jungen, die den Schleier tragen sollten. Mit ihren weißen Oberhemden, langen schwarzen Hosen und schwarzer Krawatte sahen die kleinen Knirpse wie kleine Kavaliere aus.

Danach kam die Taxe mit dem Brautpaar. Es war ein hübsches Paar. Man könnte sagen, sie waren filmreif. An dem Kleid mit vielen Perlen und Spitzen hatten auch viele Hände gearbeitet. Der Fotograf hatte Mühe, dass er alles wunschgerecht aufs Bild bekam. Sicherheitshalber machte er auch noch von den kleinen Mädchen, die die Blütenblätter von den Rosen wie zarte Wolken auf die Erde fallen ließen, Aufnahmen. Die kleinen Buben, die den Schleier trugen, wagten vor Aufregung kaum zu atmen. Dafür genossen ihre Mütter diesen Anblick mit großer Freude.

Theo ließ sich von diesem Trubel nicht mitziehen. Er sagte: „Das ist für mich keine Hochzeit." Er ahnte noch nicht, wie bald er mit diesen Worten Recht haben sollte.

Renate stand vor dem großen Spiegel und drehte sich hin und her. Sie hatte ein bodenlanges Kleid an, das ihre schlanke Taille noch betonte. Weil ihre Augen blau waren, hatte sie das Kleid aus königsblauem Samt arbeiten lassen. Von dem langen Seidenschal hingen beide Enden auf den Rücken. Er hatte die gleiche blaue Farbe und gab dem Kleid das gewisse Etwas. Und der große Ausschnitt kam noch mehr zur Geltung. Ihre Haare hatte sie zu einer Hochfrisur aufstecken lassen. Für diesen Tag legte sie auch die Ohrringe mit den Diamanten an. Sie und Theo würden gleich zur Kirche fahren und an der Trauung teilnehmen.

Theo war zu ihr gekommen, und sie schauten gemeinsam in den Spiegel. Er sagte: „Du wirst von Tag zu Tag schöner.“ Das Kompliment konnte Renate zurückgeben. Er hatte die richtige Größe, sein Körper war wie bei einem Sportler durchtrainiert, das volle Haar hatte einen grauen Schimmer. Seine 60 Jahre sah man ihm nie an und jetzt im Frack schon gar nicht. Renate hatte ihre Hand auf seine Schulter gelegt. Da ließ sie den Ring mit dem Diamanten, den sie heute neben ihrem Trauring trug, auch im Spiegel funkeln.

In ihrem weinroten Mercedes fuhren Theo und Renate zur Kirche. Sie ahnten nicht, dass sie mit diesem Auto für Aufsehen sorgten. Der Fotograf kam ihnen gleich mit seiner Kamera entgegen. Er dachte, in diesem Auto sitze das Brautpaar, das sich schon etwas verspätet hatte. Theo wusste nicht, dass schon eine geraume Zeit nur weiße Taxen die Gäste zur Kirche gebracht hatten.

Als sie auch zwischen den wartenden Gästen standen, kam Dorette zu ihrem Opa. Sie erzählte ihm, dass sie und Piet ganz allein eine Taxe für sich hatten. Mit ihrem Deutsch gab sie sich große Mühe, aber ihr Vater musste doch noch zu Hilfe kommen.

Theo und Renate begrüßten auch Lotte und Heinrich. Der trug seine Uniform, die ja immer Blicke anzieht. Die Mütze gibt schon jedem Gesicht das gewisse Etwas. Hier konnte man meinen, Lotte trug die Offiziersuniform. Man merkte, dass sie die Blicke genoss.

Als die Taxe mit dem Brautpaar kam, begannen die Glokken mit ihrem Geläut. Obwohl die Brautjungfern zur Taxe gingen und beim Aussteigen halfen, war es doch schwierig. Es dauerte eine Zeit, bis der sehr weite lange Rock in die richtige Form gebracht wurde. Mit dem langen Schleier hatten die beiden Buben auch ihre Mühe.

Die kleinen Mädchen mit ihren Kleidern, die dem Brautkleid angepasst waren, nahmen der Braut viel von ihrer Schau.

Renate hatte ihre Blicke auf Horst gerichtet, der hier als biederer Ehemann in die Kirche schritt. Sie wusste doch von seinen Liebschaften, die er dann auch wieder wie alte Schuhe fortwarf. Mit steinerner Miene sah Theo dem Brautpaar entgegen. In der Kirche glitten die Worte des Pastors an seinen Ohren vorbei.

Nach der Trauung stiegen Renate und Theo in ihr Auto und fuhren nach Hause. Da zogen sie sich um und fuhren zu ihrem kleinen Landsitz. In diesen Wochen wohnte Hans hier wieder mit Familie, aber die waren heute ja nicht hier. Theo hatte eine Flasche Wein aufgemacht. Sie saßen auf der Terrasse und hingen ihren Gedanken nach. Sie hüteten sich, diese zu äußern.

Theo dachte an den Luxus, der hier zur Schau gestellt wurde. Er wollte gar nicht erst an die Kosten denken. Theo ahnte ja nicht, mit welcher Taktik Regina ihrem Vater diesen Hochzeitsverlauf abgeschmeichelt hatte.

Als er Lotte gegenüberstand, hatten sie sich wie Fremde begrüßt. Dabei waren sie doch viele Jahre ein Ehepaar gewesen. Sie war auch seine große Liebe gewesen. Vielleicht hatte Lotte ihn nur zum Vorzeigen geheiratet. Wenn sie von einer Einladung nach Hause kamen, sagte sie oft: „Du warst so schick, dass du alle Männer in den Schatten gestellt hast.“ Sehr bald hatte dann jeder sein eigenes Leben gelebt. Mit Lotte durfte er nicht vom Geschäft sprechen. Er hatte dann gute Miene zum bösen Spiel gemacht, war mit ihr zu Einladungen, Konzerten und ins Theater gegangen. Mit einem

Lächeln und einem Glas Sekt in der Hand hatte er neben Lotte gestanden, wenn sie von ihren vielen Bekannten begrüßt wurde. Eigentlich war er damals mit seinen Problemen, die täglich im Geschäft anfallen, sein ganzes Leben allein gewesen.

Theo ergriff Renates Hand. Er wusste, mit dieser Frau an seiner Seite würde er nie allein sein. Sehr langsam glitt der Tag in den Abend. Am Himmel hatte sich ein malerisches Abendrot ausgebreitet. Einige Vögel suchten mit ausgebreiteten Schwingen ihre Schlafbäume auf und glitten lautlos durch die Luft. Von den verschiedenen Blumen, die in vielen Farben im Garten blühten, hatte der laue Wind ihre Düfte zu einem zarten Aroma gemischt und trug ihn auf die Terrasse.

Ganz allmählich nahm der Himmel seine nachtblaue Farbe an. Nach und nach kamen immer mehr Sterne zum Vorschein. Einige glitzerten wie Diamanten, so als hätten sie diesen Prunk zu einem Empfang angelegt. Von Zeit zu Zeit wurde diese glitzernde Pracht von kleinen Wolkenfetzen verdeckt, die sich am Himmel entlangschoben. Die Bäume zeichneten ihre Silhouetten an den Nachthimmel und erhöhten so noch diesen romantischen Zauber.

Die Gedanken von Renate gingen in eine andere Richtung. Sie dachte an Horst, der wie ein Schmetterling von Blume zu Blume geflattert war und jetzt ein biederer Ehemann wurde. Dann schob sich Karin und sein werdendes Kind vor ihre Augen. Aber sie würde schon dafür sorgen, dass dieses Kind nicht im Schatten aufwuchs.

Mit den Worten: „Wie gut, dass ich meinen kostbaren Stern an meiner Seite habe und den nicht zwischen dem Geglitzer am Himmel suchen muss“, holte Theo sie in die Gegenwart zurück. Hand in Hand machten sie noch einen kleinen Gartenrundgang und fuhren zurück. Die Autolampen streiften im gleichen Rhythmus die Chausseebäume, und zweistimmig sangen sie die Lieder mit, die von einer Kassette erklangen.

Horst, der den ganzen Tag im Schatten von Regina gestanden hatte, war froh, dass sie im Auto saßen und den ganzen Trubel hinter sich lassen konnten. Sie würden ihre Flitterwochen in der Lüneburger Heide verleben. Aber nicht allein. Regina hatte sich ein Pferd gewünscht, und das hatte schon ein Pferdetransporter am Nachmittag dort auf den Reiterhof gebracht.

Die Nerven von Horst waren nicht mehr sehr belastbar. Mit großer Mühe hörte er sich Reginas Pferdegeplapper an. Mit allen Einzelheiten erzählte sie, wie oft sie mit ihrem Vater unterwegs gewesen war. Dann hatten sie endlich die hübsche braune fünfjährige Stute Swenti gefunden. Wegen des hohen Preises hatte ihr Vater gezögert. Sie hatte sich umgedreht und war gegangen, hatte aber noch gesagt: „Wenn ich dieses Pferd nicht bekomme, dann will ich gar kein Pferd“, und ihr Vater hatte ohne Murren den Preis bezahlt. Dann hatte sie überlegt, ob sie zu ihrem Reitdress auch das ganze Zubehör eingepackt hatte.

Jetzt konnte Horst seinen Ärger kaum noch verbergen und hielt nach einem Rasthaus Ausschau. Er würde auch die billigste Holzbude in Kauf nehmen, die Hauptsache war, dass Regina ihr langweiliges Gerede beendete. Seine Versuche, sie zu unterbrechen, waren erfolglos geblieben. Ein Rasthaus war nicht in Sicht, und Regina sagte: „In dem Pferdestall ist sicher eine Nachtwache. Wir müssen gleich zu dem Stall fahren. Ich muss doch schauen, ob Swenti da gut untergebracht ist.“ Jetzt bildeten sich auch noch auf der Stirn von Horst Schweißperlen. Er dachte, ein achtjähriges

Kind kann doch wohl kaum schlimmer sein. Er dachte an Thekla und hätte bald einen Lachkrampf bekommen.

Hans hatte sich von seiner Familie getrennt und saß bei Theo im Büro. Er erzählte noch etwas von der Hochzeit und meinte, dass Horst in Zukunft wohl mehr auf den Tennis- und Reitplätzen wäre als im Büro. Regina weiß, was sie will. Sie sagte auch stets, ihr Mann ist Rechtsanwalt, und Horst hatte sich nicht dazu geäußert. Theo sagte, er sei froh, dass er Renate heiraten konnte und sie auch so wie er den ganzen Betrieb kennt.

Seine Familie hatte Hans in der Försterei abgesetzt. Ruth und Eva freuten sich über diesen Besuch. Im Mittelpunkt standen natürlich die beiden Ponys. Am liebsten bürsteten die Kinder an ihnen herum. Die Ponys ertrugen die vielen Kinderhände mit großer Geduld. Wenn die Kinder auf ihrem Rücken saßen, trabten sie mit ihnen im Gehege umher. Öfter liefen sie auch vor einem kleinen Wagen. Es war hübsch anzusehen. Die roten Geschirre, die sie auf ihrem schwarzen Fell trugen, waren dem roten Wagen angepasst.

Hans stellte fest, dass Urlaubswochen besonders schnell rennen. Er musste mit seiner Familie wieder die Rückreise antreten. Der Abschied wurde von allen Seiten sehr bedauert. Die Kinder hatten sich wie eine Krake an Ruth und Eva geklammert. Man konnte sie nur mit großen Versprechungen trennen.

Karin hatte sich dem Landleben angepasst. Emma und Gustav sahen in ihr ein Familienmitglied. Jeder Tag war von morgens bis abends mit Arbeit ausgefüllt, die aber sehr abwechslungsreich war. Jetzt standen zwischen den Schafen zwei niedliche Lämmer. Karin stand sehr oft an der Koppel und staunte immer wieder, was die Natur hervorbrachte. Die Lämmer waren von den Müttern das Ebenbild. Das eine Lamm hatte graublaue Wolle und einen schwarzen Kopf. Das andere Lamm hatte weiße Wolle und einen weißen Kopf. Es war auch sehr niedlich, aber nicht so hübsch. So wurde ihm gleich die Schau gestohlen. Diesem Lämmchen griff Karin oft in sein warmes Fellchen und streichelte es. Sie dachte, so ist es eben, es gibt Leute, die auf der Sonnenseite geboren werden, und andere bleiben ihr ganzes Leben im Schatten.

Jeden Morgen stand Karin vor dem Spiegel und ließ ihre kritischen Blicke lange auf sich ruhen. Sie musste aber feststellen, dass sich ihre Figur nicht sehr verändert hatte. Mit ihren selbst geschneiderten Russenkitteln, die auch sehr gut aussahen, konnte sie ihren Zustand noch eine ganze Zeit verbergen. Dass der Russenkittel sehr kleidsam war, stellte auch Gustav fest. Als sie ihm am Frühstückstisch gegenübersaß, sagte er: „Mädchen, du wirst immer hübscher."

Vom Feld holte Karin jeden Vormittag von den Beeten große Blätter, die zerkleinert unter das Schweinefutter gemischt wurden. Neben den Beeten hatte der Nachbar eine große Fläche mit rotem Klee. Zwischen den Getreide- und Kartoffelfeldern zog der Klee nicht nur Blicke an, hier tummelten sich auch viele Bienen, die mit großem Gesumm von Blüte zu Blüte flogen. Es war ein Kommen und Gehen.

Jetzt erklang das Geratter der Mähmaschine über dem Kleefeld, und hinter der Maschine lagen die hübschen Blüten flach auf der Erde. Der junge Mann, der auf der Maschine saß, rief Karin einen guten Morgen zu. In gebückter Haltung erwiderte sie seinen Gruß. Er ließ die Pferde stehen und kam mit einer Kleeblüte zu ihr und meinte: „Die Pferde brauchen mal eine Ruhepause." Die Kleeblüte sollte erst mal eine rote Rose ersetzen. Vielleicht könnte er das mit der roten Rose mal nachholen. Karin, die gerne noch mehr Blätter gepflückt hätte, ging nach Hause. Sie würde sich hier in kein Gespräch ziehen lassen, schon gar nicht von diesem Knecht.

Später, als sie die Blätter von den Beeten in die Futterküche brachte, nahm sie die Kleeblüte doch mit in ihr Zimmer. Sie legte sie sogar zwischen zwei Bücher und presste sie. Der junge Mann war doch sehr höflich gewesen, sah auch gut aus. Oder war es nur der Strohhut, der etwas schräg und verwegen auf seinem Kopf saß?

Renate hatte entzückende Babysachen gekauft und fuhr zu Karin. Als sie dort ankam, sah sie Emma und Karin im Garten. Sie pflückten Johannisbeeren. Renate nahm auch einen Eimer und pflückte mit, schließlich sei sie ja kein Besuch.

Später, als sie in der Laube am Kaffeetisch saßen, meinte Renate, hier könne man die Stadt ganz vergessen. Die Hühner scharrten unter den Obstbäumen nach Würmern. Mit glänzendem Gefieder stolzierte der Hahn zwischen seinen Hennen. Seine Schwanzfedern schillerten in allen Farben. Auf dem Scheunendach standen acht Tauben und ließen sich von der Sonne wärmen. Die Vögel trillerten ihre Liedchen in Dur und Moll, als wären sie im Wettstreit und müssten ihr Bestes geben.

Bevor Renate zurückfuhr, sagte sie: „Pass gut auf mein Baby auf.“ Karin sagte: „Warum? Hier nimmt man Schwangerschaft gar nicht groß zur Kenntnis.“ Dann sprach sie von der Bäuerin, die auf den Leiterwagen gestiegen war und das Heu von den Wiesen holen wollte. Sie musste wieder vom Wagen steigen, und ihr Mann hat die Hebamme geholt. Als die Hebamme kam, war das Kind schon da. Eine andere Bäuerin hatte gemeint, dass sie nach den Wechseljahren immer dicker wurde. Es waren nicht die Wechseljahre, sie bekam ein Kind. Früher, als die Zigeuner noch mit ihren Wagen durchs Dorf kamen, war eine Zigeunerin von Haus zu Haus gegangen und hatte Lebensmittel zusammengebettelt. Dann hatte sie eine Weile im Chausseegraben gesessen. Als sie dann weiterging, hatte sie sich ein Kind in einem großen Tuch auf den Rücken gebunden und war weiter von Haus zu Haus gegangen. Renate sagte: „Du erzählst Märchen." Nein, es seien keine Märchen, das würde Emma ihr bestätigen.

Wie alle Ereignisse gehen auch Flitterwochen vorüber. Horst saß wieder in seinem Büro. Zum Ärger von Theo war er nicht pünktlich erschienen. Nach dieser Heirat mit Regina sah Theo Horst nicht mehr als seinen Nachfolger.

Horst hatte auch Ärger. Es war kein Ärger, er war unglücklich. Bevor er ins Büro ging, musste er den Frühstückstisch decken. Regina frühstückte nur mit ihm und ging anschließend wieder ins Bett. Wenn er aus dem Büro kam, war der Frühstückstisch noch nicht abgeräumt. Öfter war Regina gar nicht zu Hause, oder sie hatte schon auf ihn gewartet und zog ihn gleich ins Schlafzimmer.

Jetzt war sie wieder nicht hier. Er deckte den Tisch ab. Dann kam sie in ihrem kurzen Tennisröckchen ins Zimmer gestürmt und hing schon an seinem Hals. Er war so ärgerlich, dass ihm die Tasse aus der Hand fiel und zerbrach. Regina sagte: „Die Scherben können liegen bleiben, morgen wird die Wohnung sauber gemacht." Horst sah sie an und fragte: „Von wem wird die Wohnung sauber gemacht?" Dreimal käme doch eine Frau und machte jeden zweiten Tag die Wohnung sauber. Nachdem Horst gefragte hatte, wer die Frau bezahlte, und Regina sehr lässig sagte: „Na, du", hatten sie ihren ersten Familienkrach. Er setzte sich ins Auto und fuhr zu Thekla. Er hatte Pech, Thekla war nicht da.

Man sagt, jedem Tag kann man immer noch was Gutes abgewinnen. Aber dieser Tag hatte nichts Gutes für ihn gehabt. Auf dem Lager war ein Mann nicht erschienen. Ein anderer musste zum Arzt gefahren werden, der hatte sich den Fuß gequetscht. So hatte er da ausgeholfen, hatte die Lastwagen mit abgeladen und im Lager Bretter gestapelt. Er konnte es kaum glauben, dass sie 38 Leute zum Arbeiten hatten. Aber fünf hatten Urlaub, zwei waren krank. Jeder Lastwagenfahrer hat einen Beifahrer mit. Er fuhr zurück. Am liebsten wäre er in sein Büro gefahren und hätte da geschlafen. Das konnte er auch nicht, denn so hätte die Öffentlichkeit gleich einen Gesprächsstoff gehabt.

Karin ahnte nicht, dass Renate auch schon bei Ingrid und Egon große Vorbereitungen getroffen hatte. Sie hatten schon das Gefühl, ihnen würde eine große Persönlichkeit anvertraut.

Karin wunderte sich, dass ein Lieferwagen auf den Hof kam. Sie stand in der Waschküche und wusch Wollsachen. Gestern hatten sie große Wäsche gewaschen. Die wurde in einem großen Kessel gekocht, dann in dem Fluss, der hinter dem Dorf zur Wupper strebte, gespült. Zeno hatte dann auch seine Aufgabe. Wenn dann ein Wäschestück aus der Hand glitt, musste er ins Wasser springen und das davonschwimmende Teil zurückbringen. Wenn es ein großer gewebter Bezug war, konnte er den nur ans Ufer ziehen. Das genügte auch schon. Eigentlich war es ein Familientag. Gustav spannte das Pferd vor den Wagen, die Waschkörbe mit der gewaschenen Wäsche wurden zum Fluss gefahren. Auf dem Wagen hatten auch noch Emma, Karin und Zeno Platz.

Jetzt sah sie dem Lieferwagen entgegen und war sprachlos, als sie Renate aus dem Auto steigen sah. Sie ging ihr entgegen und sah, dass Renate ein Kinderbettchen brachte. Renate sagte: „Jeder muss gleich in seinem richtigen Bett schlafen, so auch das Baby." Beide transportierten dieses Winzling von Bett in Karins Zimmer.

Im Moment war Karin allein im Haus. Sie setzte sich mit Renate in den Garten. Beide bedauerten, dass Renate gleich wieder fort musste, denn der Lieferwagen wurde in der Firma gebraucht. Als Renate vom Hof fuhr, schaute Karin noch lange hinterher. Dann ging sie in ihr Zimmer und setzte sich neben das Kinderbettchen. Auf den hellblauen Bezügen waren kleine und große Teddys. An langen Bändern hielten sie Luftballons in vielen Farben. In Gedanken schickte sie Renate tausend „Danke" hinterher. An den Preis, den sie dafür zahlte, wollte sie nicht denken. Sie wusste aber auch, dass es sie und das Kind ohne Renate gar nicht gäbe. In der Diele tropfte die große alte Uhr laut und unentwegt die Minuten in die Ewigkeit.

Gustav hatte die Kühe in die Hauskoppel gebracht. Helmut, der Kuhjunge, hatte die Masern und würde einige Wochen krank im Bett liegen. Für die Kühe hatte Gustav vom Feld Grünfutter geholt und es in die Koppel geworfen. Karin meinte, bis ein Ersatz für Helmut gefunden war, könnte sie doch die Kühe hüten.

Am nächsten Tag schritt Karin hinter den Kühen und brachte sie auf die Weide. In dem Leinenbeutel, der über ihrer Schulter hing, hatte sie Butterbrote, ein Buch und ihr Strickzeug. An ihrer Seite ging Zeno. Sie dachte, wenn Renate mich hier sehen würde, bekäme sie einen Lachkrampf. Die Kühe kannten den Weg und ihre Weide, da fingen sie gleich an zu grasen.

Gustav war hier gewesen und hatte die geflochtene Strohwand aufgestellt. Einen Hocker hatte er auch noch hingestellt. Über die Fürsorge füllten sich Karins Augen mit Tränen. Sie streichelte Zeno und verbarg so ihre Verlegenheit.

Diese Ruhe, die von den Kühen ausging, übertrug sich auch auf Karin. Traumverloren schaute sie auf die grasenden Mäuler. Am blauen Himmel glitten aufgetürmte weiße Wolken entlang. Mal waren es schemenhaft galoppierende Pferde, dann wieder Elfen, die einen Reigen tanzten. Der Wind riss sie auseinander und ließ sie als Fetzen davonsegeln. Die Sonne ließ sie über sich hinweggleiten, sie kam immer wieder hervor. Saatkrähen flogen mit krächzendem und gleich bleibendem Geschrei am blauen Himmel entlang.

Drei Kühe hatten sich widerkäuend auf die Weide gelegt. In den großen Augen lag Wärme und Vertrauen. Karin konnte ihren Blick kaum wieder abwenden.

Karin erinnerte sich an das sehr große Bild mit den grasenden und liegenden Kühen. Sie hatte es nach einer Renovierung in einem Schaufenster gesehen. Viele Passanten waren vor diesem Bild stehen geblieben. Und sie hätte nicht gedacht, dass sie es noch mal in natura erleben durfte. Hier hätte ein Maler noch weitere Motive. In dem Weizenfeld mit den kerzengeraden Ähren blühten der rote Mohn, die Kornblumen mit ihrem unbeschreiblich hübschen Blau und die Margeriten. Morgen würde sie ihre Kamera mitnehmen und Aufnahmen machen. Die tannengrünen Kartoffelfelder, die ihre zarten weißen und rosa Blüten zeigten, waren zwischen dem Getreide ein guter Kontrast. Die würde sie auch aufs Bild bringen.

Zeno lag ausgestreckt neben Karin. Seinen Kopf hatte er auf die Vorderpfoten gelegt. Er behielt den mitgebrachten

Leinenbeutel mit den Butterbroten im Auge. Er wusste, dass beim Verzehr mit ihm geteilt wurde.

Seit einigen Tagen saß Horst als Ehemann, braun gebrannt und etwas abgemagert, wieder in seinem Büro. Die blühende Heide hatte den Urlaubern viel geboten. Pferdekutschen waren mit Gästen unterwegs. Die Kutscher trugen Uniformen mit einem Zylinder. Eine Art Uniform trugen auch die Schäfer, wenn sie strickend hinter einer Heidschnuckenherde standen. Zwei Hunde, die auf ihre Befehle warteten, lagen neben ihnen. Wie Wächter standen einzelne Wachholderbüsche in der riesigen violetten Fläche. Unermüdlich flogen mit lautem Gesumm Bienen von Blüte zu Blüte und brachten den Honig in die aufgestellten Körbe, die von Imkern überwacht wurden. Vom blauen Himmel warf die Sonne ihre warmen Strahlen auf die Erde, so als müsste sie diesem friedlichen Bild Tribut zollen.

Reiter kamen hier voll auf ihre Kosten. Kinder, die mit ihren Ponys unterwegs waren, sahen in ihrem Reitdress allerliebst aus. Regina war jeden Tag stundenlang mit Swenti unterwegs gewesen. Zweimal hatte Horst ein Pferd in einem Reitstall geliehen und hatte sie begleitet. Er war kein Reiter, wollte es auch nicht werden und hatte gemeint, seine schmerzenden Knochen hätten schon eine falsche Lage bekommen. Dann hatte er ein Pferd mit einer Gig gemietet und war durch die Heide trabend gefahren. Regina war hinter ihm hergeritten. So weit das Auge sehen konnte, hatte Erika ihr Violett auf der Erde ausgebreitet. Vereinzelt sah man Wachholderbüsche, so als wären sie für diese Idylle die Wächter. Der Wind, der stets meinte, er müsste seine Pflicht tun und den Bäumen in die Äste greifen und die Wolken am Himmel hin und her jagen, ließ nur die Wolken sehr langsam und behutsam vorübergleiten, so als dürfte er diesen Zauber nicht stören.

Mit aufgestützten Armen saß Horst an seinem Schreibtisch und sah aus dem Fenster. Seinen Blick hatte er auf die Lastwagen gerichtet, die mit Parkett beladen wurden. Auf seinem Schreibtisch lagen die Lohnabrechnungen. Aber sein Kopf war leer.

Er wollte schon gar nicht an Regina denken. Bis jetzt war er Herr über sein Liebesleben gewesen. Für Frauen, die sich so offensichtlich anboten, hatte er sich noch nie interessiert. Regina bot sich nicht an, da wurde er einfach aufgefordert, dass es fast über seine Grenzen ging.

Karin und Zeno hüteten schon drei Tage die Kühe. Sie waren eine Einheit geworden, Zeno hatte seinen Blick auf Karin gerichtet. Sie nahm ihn in die Arme, und in seinem Blick lagen Liebe, Treue und Ergebenheit. Die Felder sahen noch wie ein bunter Flickenteppich aus. Mit seinem Sonnengelb lieferte das Weizenfeld die schönste Farbe. Und Kornblumen und der Mohn hatten auch noch ihre Farbtupfer hineingesetzt. In einigen Tagen würde das reife Getreide in Stiegen auf den Feldern stehen. Wenn es keine Sünde wäre, würde sie Helmut noch etliche Tage Bettruhe wünschen.

Auf einer Decke lag sie ausgestreckt hinter der Strohwand. Eine Hand hatte sie in Zenos warmes Fell geschoben. Am Himmel flogen sieben Saatkrähen mit trägem Flügelschlag und hartem Gekrächze. Dann wanderte Karins Blick zu den Kühen. Mit dem gut gebürsteten und gestriegelten schwarz-weißen Fell gingen sie mit langsamen Schritten grasend auf der Weide. Ihren faszinierten Blick konnte Karin kaum wieder fortnehmen.

Nachdem die Sonne sich langsam von der Erde entfernte, bekam Zeno seinen Einsatz. Er lief um die Herde, und die

Kühe verließen hintereinander die Weide. Müde und satt schritten sie ihrem Stall entgegen. Karin war das Schlusslicht, und mit gemessenem Schritt ging Zeno neben ihr.

Bevor die Kühe in den Stall gingen, tranken sie das klare Wasser aus der Tränke. Im Stall legte Karin den Kühen die Ketten um den Hals, in ihren Armen spürte sie das durchwärmte Fell und strich noch liebkosend darüber.

Abends im Bett ließ Karin den vergangenen Tag in ihren Gedanken noch einmal vorüberziehen. Sie dachte an Zeno, der ihr seine ganze Liebe vor ihre Füße legte. Dann auch an die stille und unauffällige Liebe, die sie jeden Tag von Emma und Gustav bekam. Diese Liebe, die ihr hier entgegengebracht wurde, war so groß, dass sie schmerzte. Diese Art von Liebe hatte sie noch nie gekannt.

Sie dachte an Renate, das war wohl nur eine kumpelhafte Liebe. Als sie von dem Kind Bewegungen in ihrem Bauch spürte, dachte sie auch an die Liebe, die sie mit großer Hingabe Horst gegeben hatte. Für ihn hatte ihre Liebe keine Bedeutung gehabt. Er hatte sie zu seinen täglichen Gebrauchsgegenständen eingeordnet, die auf seinen Schreibtisch gehörten.

Am nächsten Tag war der Freund von Helmut zum Hüten gekommen. Karin konnte ihre Enttäuschung nur mit großer Mühe verbergen, aber Zeno zeigte sie ganz offen. Als der Junge hinter den Kühen vom Hof ging, hatte Zeno sich hingesetzt und Karin, die hinterherschaute, mit seinem Blick zum Kommen aufgefordert. Als der Junge ihn rief, war er hingegangen und war dann mit trägen Schritten neben ihm hergetrottet. In dem Leinenbeutel, den der Junge über der Schulter trug, hatte er auch Weidenstöcke, daraus wurden Flöten geschnitzt. Wenn die Flöten dann in den höchsten Tönen ausprobiert wurden, überschritt es für die

Hunde schon mehr als die belastbare Grenze. Hunde haben ein sehr feines Gehör, es ist stärker als bei den Menschen. Sie hoffte auch, dass er Zeno nicht pausenlos über einen hochgehaltenen Stock springen ließ.

Als Karin immer noch mit versonnenem Blick zur Hofauffahrt sah, wo die Kühe schon lange fort waren, sah sie Renate, die langsam mit ihrem Auto auf den Hof rollte.

Renate stieg aus dem Auto und umarmte Karin. Sie fragte, ob sie erwartet wurde. Nein, sie habe nur den Kühen nachgeschaut. Renate sagte: „Es wird Zeit, dass du unser Kind bekommst, sonst wirst du noch ein Bauer." Sie würde sich hüten und sagen, was sie dachte, denn sie hatte weit und breit keine Kühe gesehen.

Gemeinsam gingen sie in die Küche, brühten Kaffee und aßen Waffeln. Emma und Gustav waren auf dem Feld. Morgen wollte Egon das Weizenfeld mit der Maschine mähen. Damit er die Maschine ansetzen konnte, mähte Gustav die erste Runde mit der Sense, und Emma band die Garben hinter ihm. Karin hätte auch gerne geholfen, aber mit dem Bücken hatte sie doch schon ihre Probleme.

Mit Renate ging sie in den Obstgarten, da pflückten sie Stachelbeeren. Wie immer sprach Renate nur von ihrem Kind. Ein Junge sollte den Namen Theodor bekommen, ein Mädchen würde sie Theodora nennen. Länger als drei Monate brauchte das Kind nicht die Brust zu bekommen, dann könnte es zu Ingrid und Egon. Sie könnte dann wieder im Büro arbeiten. Dort könnte sie neben Theo arbeiten. Sie würde sich aus dem Büroleben zurückziehen und würde sich um das Kind kümmern. Horst könnte sie ja einfach übersehen. Außerdem war er ja auch ein Ehemann.

Obwohl Karin damals Renates Plänen bedingungslos zugestimmt hatte, wunderte sie sich doch, mit welcher

Selbstverständlichkeit Renate alles plante. Karin hörte sich noch allerlei vom Büro an. Theo hatte mit ihrer Nachfolgerin auch seinen Ärger. Wenn sie die Zahlen in die Kostenanschläge setzte, musste man erst überlegen, ob es eine 8 oder eine 3 war. Die 7 und die 4 konnte man auch nicht auseinander halten.

Renate blieb nicht sehr lange. Als sie im Auto saß und die Landstraße entlangfuhr, hätte sie fast schallend gelacht. Nicht nur, dass Theo von Gustav das Land gekauft hatte, dann auch noch seine Pferde und Egon zur Verfügung stellte, arbeiteten auch noch seine besten Bürokräfte bei Gustav und Emma.

Nein, zum Lachen war es wirklich nicht. Immer wenn sie zu Karin fuhr, hatte sie ein schlechtes Gewissen. In ihrer Ehe wollte sie nie Heimlichkeiten haben, und jetzt beschwindelte sie Theo schon monatelang. Mal musste es der Zahnarzt, Friseur, Zahnschmerzen, Schneiderin oder Autowerkstatt sein. Am liebsten hätte sie Theo die Wahrheit erzählt. Der hätte ja gefragt, wer der Vater wäre. Sie war froh, dass wenigstens Ingrid und Egon ihr Geheimnis mit ihr teilten.

In einem großen Kessel wurden jeden Tag Kartoffeln für die Schweine gekocht. Auf einer Tonne stand die Quetsche, wo Karin die gekochten Kartoffeln durchdrehte. Ganz plötzlich hielt sie inne. Sie hatte Rückenschmerzen. Sie dachte, sie habe eine falsche Bewegung gemacht. Sie drehte sich nach allen Seiten, die Schmerzen waren fort, und sie arbeitete weiter. Nach einer Zeit waren die Schmerzen wieder da. Sie hatte sich wohl nach der falschen Seite gebückt. Sie würde sich erst mal in die Gartenlaube setzen.

Sie sah zum Obstgarten, da scharrten die Hühner. Die Tauben waren vom Scheunendach gekommen und saßen in einem Baum, wo sie Schatten hatten. In der flachen Schale, die mit Wasser gefüllt war, badete eine Drossel. Aber so ausgiebig, dass sie das Wasser nach allen Seiten verteilte.

Karin dachte, ich kann hier doch nicht so tatenlos herumsitzen, und ging wieder in die Waschküche. Auf dem Hof traf sie Emma mit einem Bund Stroh. Gustav hatte den Schweinestall ausgemistet, da sollte jetzt das Stroh in die Boxen. Karin sagte, sie habe eine falsche Bewegung gemacht und ihren Rücken ein bisschen verknackst. Es sei aber schon wieder besser. In dem Moment hielt Karin den Atem an und sagte: „Nein, es ist noch nicht besser."

Emma ließ mitten auf dem Hof das Stroh liegen und ging mit Karin ins Haus. Dann setzte sie sich aufs Fahrrad und holte die Hebamme. Zu dritt saßen sie dann und tranken einen starken Kaffee. Die Hebamme ging mit Karin die Treppe hoch, sie gingen auch wieder runter. Karin meinte: „Da komme ich nicht mehr hoch."

„Aber natürlich, wir haben doch Zeit, wir können auf der Stufe stehen bleiben." Und dann ging alles sehr schnell. Karin hatte einen kleinen Sohn. Er war sehr hübsch. Der Hinterkopf hatte eine besonders gute Form. Die Hebamme meinte: „Das wird mal ein kluges Kind." Jetzt sah dieser Winzling wie eine hübsche Puppe aus.

Seine Augen waren geschlossen, aber die schwarzen Wimpern lagen wie kleine Halbmonde auf dem Gesicht. Und die kleinen Fäustchen stampften in der Luft umher. Der wohlgeformte Mund war ständig in Bewegung. Die dunklen Haare, die zum Hahnenkamm gebürstet waren, erhöhten noch das niedliche Aussehen.

Die Hebamme hatte ihn gewickelt und in Karins Arme gelegt. Sie ließ ihren versonnenen Blick auf ihm ruhen. Eigentlich war es ungeheuerlich, was sie diesem kleinen

Wesen antat. Sie war seine Mutter und durfte es nicht sein. Renate war keine Mutter, aber trotzdem seine Mutter.

Zum weiteren Nachdenken blieb ihr keine Zeit. Renate war gekommen. Mit überglücklichen Augen betrachtete sie den kleinen Kerl, entdeckte auch immer wieder andere Merkmale. Schließlich meinte sie, sie wusste, dass es selbstverständlich war, dass es bei den Eltern ein hübsches Kind würde.

Ihr gefiel es nicht, dass Karin ihn in den Armen hatte. Am liebsten hätte sie gesagt, dass er gleich in sein Bettchen müsste. An dem Bettchen hingen zwischen sonnengelben Rüschen und Schleifen kleine Teddys in verschiedenen Größen.

Renate wurde täglicher Gast. Sehr oft konnte sie nur eine Stunde bleiben, hielt dann aber die ganze Zeit das Kind in ihren Armen.

Nachts wagte Karin kaum zu schlafen. Sie lauschte auf Theodors Atemzüge und meinte, die seien unregelmäßig. Sie schaute aus dem Fenster und sah in den nachtblauen Himmel, an dem sich ein unendliches Panorama ausbreitete.

Jetzt war das Kind schon vier Wochen alt. Renate nannte ihn Dore. Karin meinte, er spürte schon ihre Nähe, und blieb abends noch lange an seinem Bett sitzen. Dabei war sie es, die seine Nähe suchte. Sie sah zum Mond, der kalt und gleichgültig auf die Erde schaute. Die vielen Sterne, die wie Diamanten blitzten, konnte man auch nicht übersehen. Immer kamen neue, und andere verschwanden. Karin dachte an das Liedchen „Weißt du, wie viel Sternlein stehen an dem großen Himmelszelt“. Sie dachte, vielleicht hat der Dichter das Lied in einer solchen Nacht gedichtet.

Den Gedanken, dass das Bettchen bald nicht mehr in ihrem Zimmer stehen würde, schob sie fort. Sie holte das schlafende Kind in ihr Bett. Vor Aufregung, dass sie ihn im Schlaf erdrücken könnte, schlief sie die ganze Nacht nicht. Trotzdem hatte sie ihn jetzt jede Nacht in ihrem Bett. Wenn Renate das wüsste, würde sie ihr jetzt schon das Kind fortnehmen.

Karin konnte es kaum fassen, dass die vereinbarten drei Monate schon vergangen waren. Als sie ihren Finger in sein kleines Fäustchen schob, hatte sie das Gefühl, er hielt sie fest. Für Emma und Gustav war es ganz unerklärlich, dass das Kind fort sollte. Warum nur, sie hätten doch Platz für beide. Karin dachte, in den Worten lag ein kleiner Vorwurf. Sie bekam ein sehr schlechtes Gewissen. Dann dachte sie an den Satz: „Der Mohr hat seine Schuldigkeit getan, der Mohr kann gehen." Nein, so schlecht war sie nicht, sie würde noch bleiben. Hier hatte man sie mit offenen Armen aufgenommen, und einige Monate war sie eine große Hilfe gewesen. Aber jetzt konnte Emma nicht begreifen, warum das Kindchen fortmusste.

Mit großzügigen Worten sprach Karin von der Vereinbarung. Ihre Familie wusste nichts von dem Kind, und sie wollte ja wieder im Büro arbeiten. Aber das Büro kann ja warten.

Über diese Mitteilung war Renate sprachlos. Sie zeigte auch ganz offen ihre Enttäuschung. Karin sollte doch ihren Platz im Büro einnehmen. Sie wollte sich doch um Dore kümmern. Dann müsste er noch einige Wochen bei Ingrid bleiben. Karin dachte, hat Renate wirklich Wochen gesagt? Sie würde sich aber hüten und eine Erklärung abgeben. Sie sagte aber: „Dore braucht doch gar nicht zu Ingrid, lass ihn doch hier." Das wollte Renate auf gar keinen Fall. „Er soll sich nicht an dich gewöhnen."

Auf dem Rückweg trommelte Renate im gleichmäßigen

Takt ihren Ärger aufs Lenkrad. Mit Theo hatte sie die Sache mit dem Kind schon besprochen. Natürlich war er von der Sache nicht sehr angetan, dass sie von Ingrid das Kind nahm, weil sie schon wieder ein Kind bekam. Er hatte eingewilligt, denn schließlich war Egon ja Renates Bruder. Er hatte noch hinzugesetzt, dass er wüsste, dass Kaninchen in einem Jahr öfter werfen.

Renate brauchte nicht lange zu überlegen, sie hatte schon eine Lösung. Die Sekretärin von Horst musste in ihr Büro und zu Theo. Sie würde ihr aber sagen, dass sie ja die 3 und die 8 deutlich aufs Papier bringen sollte.

Für Horst würde sie gleich eine Neue suchen. Mit Horst würde sie ein grausames Spiel treiben und ihm eine aussuchen, die jeden Schönheitswettbewerb bestehen würde. Ob sie große Bürokenntnisse hatte, war in diesem Fall nicht wichtig. Die Hauptsache war, dass sie so aufregend wirkte, dass das Blut von Horst sehr heiß durch seine Adern pulsierte.

Die Mühe, die Renate sich mit der Sekretärin machte, war umsonst. Im Gegenteil, ihre Idee lief in die falsche Richtung: Horst ließ sich scheiden.

Dass er sich mit der Hausarbeit abmühen musste, hatte er zähneknirschend ertragen. Regina kannte nur ihren Reitstall, die Tennisplätze, ihren Friseur und ihren Modesalon.

Es war schon so weit, dass er sich wunderte, dass sie in der Wohnung war und ihm die Tür öffnete. Und das in großer Abendgarderobe. Er war sehr verlegen gewesen und hatte gefragt, ob er eine Einladung oder einen Theaterbesuch übersehen hatte. Nein, sie käme von einer Sitzung, sie ließe sich malen.

Er konnte es nicht fassen – als er fragte, wer das bezahlen solle, hatte sie mit einem Lächeln „Na, du" gesagt.

Auf seine Frage, ob sie nicht wisse, dass er in der Firma nur sein Gehalt bekäme, sagte sie sehr lässig: „Dann wird mein Vater das eben bezahlen."

Horst dachte, sie ist ein Kind, und das wird sie auch ewig bleiben. Jetzt konnte er sich nicht mehr bremsen. Mit einer sehr ruhigen Stimme, die fast zu ruhig war, sagte er: „Geh zu deinem Vater, aber komme ja nicht mehr in diese Wohnung zurück." Dann versetzte sie ihm auch noch einen Stich und sagte, man solle doch tatsächlich keine alten Männer heiraten. Horst musste wirklich schlucken, denn er war Mitte dreißig.

Nach diesem Krach verließ Horst die Wohnung, ging zum Stadtpark und setzte sich auf eine Bank. Er wunderte sich, dass die Welt sich nicht verändert hatte. Er sah auf den Teich, der von Rasen eingegrenzt war. Wie Wattebäusche zogen Wolkenfetzen am Himmel entlang. Aus lauter Eitelkeit spiegelten sie sich auf der glatten Wasserfläche. Zwei Bäume, die im Park standen, warfen auch noch lange Schatten auf das Wasser. Hand in Hand schlenderten verliebte Paare an ihm vorbei.

Horst wusste nicht, wie lange er hier schon gesessen hatte. Die Leute, die mit ihren Hunden an ihm vorbeigingen, nahm er gar nicht wahr. Von dem hohen Baum neben ihm schickte eine Eule ihren gleich bleibenden und klagenden Ruf in die Welt.

Später, als er in die Wohnung kam, war Regina fort. Er wusste nicht, ob sie Garderobe mitgenommen hatte. Bei dieser Vielfalt würden 20 fehlende Kleidungsstücke gar nicht bemerkt werden.

Nach einigen Monaten war Horst geschieden. Weil der Vater und der Bruder von Regina Rechtsanwälte waren, war die Scheidung ohne große Schwierigkeiten verlaufen. Horst war auch mit einer einmaligen Abfindung einverstanden gewesen.

Acht Wochen war der kleine Dore schon fort. Hier erinnerte nichts mehr an ihn. Renate hatte die kleinste Kleinigkeit mitgenommen.

Karin gewöhnte sich immer mehr an das Landleben. Auch an die Arbeit im Haus, auf dem Feld und in den Ställen. Jetzt saß sie im Schweinestall, hatte ein Ferkelchen auf dem Schoß, das Emma aus der Box geholt hatte, und gab ihm die Flasche. Die Sau hatte 14 Ferkel bekommen. Dieses Ferkelchen wurde von den anderen zurückgestoßen und kam an keine Zitze. Mit Inbrunst und verträumtem Blick ließ Karin das Ferkel trinken. Mittlerweile war Karin eine richtige Arbeitskraft geworden. Wenn sie abends in ihrem Zimmer stand und an den vergangenen Tag dachte, war sie mit ihrem Leben gar nicht mehr unzufrieden. Sie sah, wie sich die blasse Mondscheibe an den Himmel schob, und in alles mischte sich der Zauber der Nacht.

Das Lehrerehepaar, das kinderlos war, bot den Dorfbewohnern auch noch allerlei. Einen Abend in der Woche gab der Lehrer Gesangsunterricht. An einem anderen Abend gab er Musikunterricht. Es war gleich, mit welchen Instrumenten die Teilnehmer kamen. An einem Nachmittag in der Woche konnten Mädchen bei der Frau vom Lehrer ihre Handarbeitskenntnisse erweitern. Denn jedes kleine Mädchen im Dorf konnte schon mit sechs oder sieben Jahren häkeln und stricken.

Karin war im Gesangsverein Mitglied geworden. Sie freute sich, dass sie da mit großer Kameradschaft aufgenommen wurde. Im Dorf wusste man, dass sie die Nichte von Emma und Gustav war. So erregte sie im Dorf als Stadtmensch allerlei Interesse. So auch bei dem Bauernsohn Rudolf Maaß. Vor einiger Zeit hatte er sie doch auf dem Feld kennen gelernt. Er würde im Gesangsverein Mitglied werden. Zum Wiedersehen war dies die beste Gelegenheit.

Eine Woche vergeht sehr schnell. Karin war auf dem Weg zur Schule. Vor dem Spiegel hatte sie lange ihre Figur betrachtet. Die hatte aber schon wieder ihre alten Maße. Emma hatte sogar gesagt, dass sie immer hübscher würde. Dabei sagte man doch, das erste Kind ist gut für die Gesundheit und das zweite Kind fördert die Schönheit.

Als sie den Klassenraum betrat, merkte sie, dass ein durchdringender Blick auf ihr ruhte. Dann sah sie den jungen Mann, der ihr damals auf dem Feld eine Kleeblüte überreicht hatte. Sie ärgerte sich, dass ihr die Röte ins Gesicht stieg. Und auch, dass sich ihre Blicke immer wieder kreuzten.

Auf dem Nachhauseweg war er gleich an ihrer Seite. Er fragte, ob sie auch zu dem Musikabend käme. Nein, sie spielte kein Instrument. Das bedauerte er sehr. Er meinte, der Lehrer würde sich auch mit den Neulingen befassen. Karin sagte, sie könne kaum Noten lesen. Ihre Kenntnisse reichten nur bis „c-a-f-f-e-e“ und „Eine Gans hat dünne Füße“. Aber der Violinschlüssel würde ihr eine „Eins“ einbringen. Mit einem einschmeichelnden Lächeln sagte er: „Schade, ich hätte Ihnen auch das kleinste Instrument nach Hause getragen.“

Vor ihnen spann sich der Mondschein immer weiter, und die Konturen überzogen sich mit schleierhaftem Dunst. Sie summte die Melodie „Guter Mond, du gehst so stille“. Karin hatte nicht gemerkt, dass ihre Hand in seiner Hand lag. Sehr langsam schritten sie dahin, blieben stehen und sahen zwei Fledermäusen nach, die lautlos durch die Luft strichen. Wie dunkle Schatten huschten Wildkaninchen über die Straße und verschwanden in der Dunkelheit. In der Ferne stieß ein Hund verträumte Laute aus. Er fühlte sich wohl in seiner Nachtruhe gestört.

Karin dachte, ich bin des Teufels, dass ich hier nachts mit diesem jungen Mann stehe. Mit tausend Schwüren hatte sie doch die Männer aus ihrem Leben verbannt. Sie sagte mit hartem Ton: „Ich muss nach Hause. Meine Tante geht dann erst ins Bett, wenn ich zurück bin.“ Ohne Einwände blieb er an ihrer Seite. Hand in Hand liefen sie die Chaussee entlang. In dieser Stille ließen sie ein hartes und dumpfes Geräusch zurück. Mit den Worten „Ich heiße Rudolf“ hielt er ihr die Gartenpforte auf, blieb dann auf der Straße stehen, bis sie im Haus verschwunden war.

In ihrem Zimmer ärgerte Karin sich, dass sie sich in ein Gespräch ziehen ließ. Und das von diesem Knecht. Aber seine guten Manieren konnte man nicht abstreiten.

Morgens, als sie am Frühstückstisch saßen, fragte Emma nach dem gestrigen Abend. Mit lässiger Stimme sagte Karin, dass der Knecht vom Bauern Maaß auch da gewesen war. Er hatte sie noch begleitet.

Gustav staunte, dass Maaß jetzt auch noch einen Knecht hatte. Er hatte zwei Söhne, der eine war verheiratet, der andere war auf dem Hof. Zur Ernte holte sich Maaß Leute aus dem Dorf und auch aus der Stadt vom Arbeitsamt. Rudolf war der Sohn.

Jetzt würde Karin nicht mehr zu dem Gesangsverein gehen. Mit ihr trieb kein Mann mehr sein Spiel. Sie würde in Zukunft nur wie ein Mann lieben. Mit großen Versprechen würde sie die Männer anheizen, sich selber dann zur rechten Zeit zurückziehen.

Einige Monate würde sie noch bei Emma und Gustav

bleiben. Auf ihren alten Arbeitsplatz in Theos Firma würde sie auch nicht zurückgehen. Mit ihren Kenntnissen würde sie schon einen Arbeitsplatz finden.

Drei Wochen war Karin schon nicht zum Singen gegangen. Es war schon schwer, ihr Fernbleiben Emma zu erklären. Bis jetzt war ihr immer noch ein glaubhafter Grund eingefallen. Sie ärgerte sich auch über Renate, die schon sechs Wochen nicht hier war. Ja, warum sollte sie jetzt auch kommen? Worüber sollten sie auch reden? Sie würde auch nicht mehr auf Renates Besuche warten.

Karin dachte an das Gedicht von Theodor Fontane:

Erscheint dir etwas unerhört,
Bist du tiefstens Herzen empört,
Bäume nicht auf, versuch's nicht mit Streit,
Berühr es nicht, überlass es der Zeit,
Am ersten Tag wirst du feige dich schelten,
Am zweiten lässt du dein Schweigen schon gelten,
Am dritten hast du's überwunden,
Alles ist wichtig nur auf Stunden,
Ärger ist Zehrer und Lebensvergifter,
Zeit ist Balsam und Friedensstifter.

Karin saß mit aufgestützten Händen in ihrem Zimmer und schaute durch das offene Fenster in die Nacht. Irgendwo wurden alte Volksweisen auf einer Ziehharmonika zärtlich und träumerisch gespielt. Die einfachen, hübschen Melodien stiegen in den nächtlichen Himmel empor. Die Nacht war mondlos, aber durch das funkelnde Sternengewimmel zog sich die Milchstraße wie eine Schärpe.

Nach langem Überlegen hatte Horst durch die Tageszeitung eine Haushälterin gesucht. Jetzt saß er vor 14 Bewerbungsschreiben, die fast alle nicht seinen Vorstellungen entsprachen. Einige hatte er gleich in den Papierkorb geworfen. Eine Witwe mit zwei Kindern, die acht und zehn Jahre alt und sehr brav seien, eine gute Erziehung hätten. Eine andere war 53 Jahre alt und hatte bei einem katholischen Pastor, der in den Ruhestand gegangen war, gearbeitet. Eine Krankenschwester hatte eine Bewerbung mit vielen Einzelheiten geschrieben. Denn der Arzt, mit dem sie schon drei Jahre zusammenlebte, hatte ihr gesagt, dass er verheiratet war.

Horst öffnete eine Weinflasche, die würde er leeren. Die Briefe, die nicht im Papierkorb gelandet waren, schob er zur Seite. Nachdem er zwei Gläser geleert hatte, schimpfte er auf die ganze Firma. Das nächste Glas trank er auf Theo, der ihn wie einen Angestellten behandelte. Den Blicken von Renate wich er lieber aus. Er trank auch noch auf Regina, die ihn mit seinem ganzen Vermögen verlassen hatte. Vor ihren Bekannten hatte sie stets gesagt: „Horst ist Rechtsanwalt", und hatte mit seiner Person geprahlt und angegeben. Er trank auch noch auf seine roten Zahlen und war froh, dass Theo sein Konto nicht kannte. Dann tat der Wein seine Wirkung, und er blieb die Nacht im Sessel sitzen.

Nach drei Tagen saß Horst wieder vor den Briefen, die ihm alle nicht gefielen. Vielleicht musste er noch eine Anzeige aufgeben. Die würde er dann anders und besser formulieren. Einen Brief von einer geschiedenen 31-jährigen Frau, die in einem Dorf eine Gastwirtschaft hatte, hielt er schon zum dritten Mal in seinen Händen.

Nachdem er Vor- und Nachteile gegeneinander abgewogen hatte, würde er mit ihr einen Termin vereinbaren. Er bedauerte, dass sie kein Foto mitgeschickt hatte. Denn schließlich müsste sie auch vorzeigbar sein.

An dem vereinbarten Tag ging Horst früher aus dem Büro.

Er wusste schon, dass sie seinen Erwartungen nicht genügen würde. Eigentlich war es sinnlos, dass er sie bestellt hatte.

Sehr pünktlich stand sie vor seiner Tür. Vor Staunen konnte er gar nichts sagen. Vor ihm stand eine sehr elegante Dame. Das Pepitakostüm hatte einen modischen Schnitt. Der Rock war eng, der kurzen losen Jacke gab der Kragen das gewisse Etwas. Auf dem dunklen Haar rundete ein seegrüner Velourshut, der die Form eines Försterhutes hatte, diese Eleganz noch ab.

Sie standen sich gegenüber und sahen sich an. Vor Staunen hätte Horst fast vergessen, sie in die Wohnung zu bitten. Er dachte, es ist gleich, welche Bedingungen sie stellt, er würde auf alles eingehen.

Im Herrenzimmer saßen sie sich gegenüber. Er ließ seine Blicke auf ihr ruhen und dachte, was mir hier aber auch ins Haus schneit. Ihre wohlgeformten Beine hatte sie schräg nebeneinandergestellt. Ihre Augen waren wie dunkelblauer Samt und hatten einen feuchten Glanz. Ihren fragenden, ängstlichen und zweifelnden Blick hatte sie auf ihn gerichtet. Er sah nur ihren Mund und dachte, dieser sinnliche Mund raubt jedem Mann sämtliche Sinne.

Seine Blicke machten sie sehr verlegen. Sie fragte nach ihrem Aufgabengebiet. Sie sei noch nie aus ihrem Dorf fort gewesen. Ihr Vater hatte einen Bauernhof, den ihr Bruder erben würde. Damit sie auch versorgt war, hatte ihr Vater für sie die Gastwirtschaft gekauft, die schon lange einen Käufer gesucht hatte. Zum Ärger ihres Vaters hatte sie einen Mann aus der Großstadt geheiratet. Jetzt ärgerte er sich noch mehr, weil sie nach der Scheidung alles bedingungslos zurückgelassen hatte.

Sie wurden sich schnell einig, und Horst öffnete eine Flasche Wein.

Der kleine Dore war ein hübsches Kind. Renate verbrachte sehr viel Zeit mit ihm. Wenn sie aus dem Zimmer ging, weinte er hinter ihr her. So packte sie dann ihre Bürosachen, die sie für Theo bearbeitete, zusammen und trug alles ins Kinderzimmer. Jetzt hatte Dore erreicht, was er wollte. Er saß stundenlang in seinem Ställchen und sah mit seinen hübschen großen Augen durch die Gitterstäbe zu Renate. Seine Händchen hielten die Stäbe umklammert, und die Spielsachen, die Renate ins Ställchen gelegt hatte, wurden nicht beachtet.

Immer wenn Theo ins Zimmer kam, streckte Dore ihm seine Ärmchen entgegen. Er wusste schon, dass er dann aus dem Ställchen genommen wurde. Renate sagte: „Du verwöhnst das Kind." Dabei hatte sie es schon verwöhnt.

Es war Tradition, dass sonntags aus jeder Familie ein Mitglied in die Kirche ging. Diesen Sonntag waren Emma und Karin dort gewesen. Vor der Kirche war Rudolf mit strahlendem Gesicht zu ihnen gekommen. Fragte, warum sie nicht zum Singen gekommen sei, er habe es sehr bedauert.

Jetzt stand sie am Fenster, sah, wie der Herbstwind über die abgeernteten Felder strich. Den Bäumen griff er auch in die Äste und verteilte das Laub nach allen Seiten. Die fast kahlen Äste zeichneten sich scharf gegen den blauen Himmel ab. Die Eichen waren noch nicht entlaubt und zeigten stellenweise ein eisiges Rot.

Vor Karins Augen schob sich Rudolfs Bild. Er hatte sogar vor Emma ausgesprochen, dass er sie vermisst hatte. Horst hatte sich stets bemüht, dass sich alles im Geheimen abspielte. Sie ärgerte sich, dass sie an Horst dachte. Dann ging sie nach unten und deckte den Kaffeetisch.

Jetzt, wo die Bauern nicht mehr mit der Feldarbeit beschäftigt waren, veranstalteten die Vereine ihre Bälle. Gustav bekam auch Einladungen von dem Feuerwehr-, Gesangs-, Radfahrer- und Schützenverein. Das letzte Jahr hatten er und Emma an den Veranstaltungen nicht teilgenommen. Aber dieses Jahr würden sie hingehen. Das waren sie Karin schuldig.

Die erste Einladung, die ins Haus gebracht wurde, kam vom Schützenverein. Gustav war auch Mitglied und stellte fest, dass seine Uniform noch sehr gut aussah. Er bürstete aber trotzdem lange an ihr herum.

Mit kritischen Blicken beschaute Emma ihr Trachtenkleid, das sehr hübsch war und auch keine Mängel hatte. Karin stand vor ihrem Schrank und betrachtete ihr königsblaues Samtkleid, das sie gemeinsam mit Renate für einen Theaterbesuch gekauft hatte. Sie hatte es probeweise angezogen und freute sich, dass ihre Figur trotz allem ihre alten Maße hatte. In Gedanken schickte sie der Hebamme ein großes Danke. Die hatte ihr gleich nach der Geburt ein großes Handtuch um den Bauch gewickelt.

Traumverloren dachte Karin an die Theateraufführung. Sie hatten „Tannhäuser" gesehen. Das hatte sie so in ihren Bann gezogen, dass sie den Heimweg schweigend zurückgelegt hatten.

Karin ärgerte sich, dass sie immer wieder an Renate dachte. Mit versonnenem Blick sah sie aus dem Fenster. Am Himmel flogen Wildgänse mit ihrem zerrissenen Schrei. Es waren wohl 20 oder 30 Gänse, die im Azur als Triangel dahinglitten und sich bald in der Ferne verloren.

Dann drangen von der großen alten Standuhr dumpfe und harte Schläge an ihr Ohr. Sie tickte laut und gleich bleibend die Minuten in die Ewigkeit. Und Karin dachte an die Generationen, die die Uhr hier in diesem Hause kommen und gehen sah. Bei dem Gedanken wurde sie sehr verlegen. Denn jetzt wollte sie nicht an Dore denken, der auch hier geboren wurde. Jetzt würde sie sich auf den Ball freuen. Sie hatte einige Monate im Versteck gelebt und freute sich, als Gustav sagte: „Um unsere Karin sollen uns alle beneiden."

Wie die Großbauern fuhren sie zur Gastwirtschaft. Egon war mit Theos Pferden und dem Landauer gekommen. Von draußen hörten sie schon die Blaskapelle, und sie summten die bekannte Melodie mit.

Zu Hause hatte sie Gustav schon in der kleidsamen Uniform bewundert. Aber hier, als sie den Saal betraten, stellte er fast alle in den Schatten. Karin sah, wie sehr Emma es genoss. Seine richtige Größe und seine schlanke Figur bewirkten auch noch sein gutes Aussehen. Sie gingen zu ihrem reservierten Tisch. Von Rudolf wurde Karin gleich zum Tanz aufgefordert. Er hatte schon auf ihr Kommen gewartet. Und Karin bewunderte ihn in der Uniform, die der Försteruniform angeglichen war.

Für die gute Stimmung sorgte die Kapelle mit ihren flotten Weisen. Und die Ehefrauen sorgten dafür, dass die Stimmung im angemessenen Rahmen blieb. Und Karins Tänzer war immer nur Rudolf, der schließlich dann auch an ihrem Tisch saß.

Mit einer großen Verbeugung forderte Gustav Karin zu einem Ehrentanz auf. Dann lag sie in seinen Armen, und sie tanzten wie Turniertänzer. Karin wusste nicht, ob es an der Kapelle lag oder an Gustavs guter Führung. Rudolf glitt mit Emma übers Parkett. Alle freuten sich auf die kommenden Veranstaltungen.

Karin, die alle Männer aus ihrem Leben verbannen wollte, hatte ihren Vorsatz vergessen. Rudolf war oft bei Emma und Gustav zu Gast. Sehr oft kam er auch mit Pferd und

Wagen, und sie machten eine Spazierfahrt in den Wald. Er überließ Karin die Zügel, und sie ließ die Pferde traben. Sie bewunderte den Gleichschritt und das Muskelspiel unter dem glänzenden Fell. Sie wusste, dass der erste Motor nach diesem Muskelspiel erfunden wurde. Rudolf konnte ihr auch nicht sagen, wer der Erfinder war.

Horst war sich mit Laura sehr schnell einig geworden. Sie war auf alle Bedingungen eingegangen. Weil sie eine Scheidung hinter sich hatte, wollte sie so schnell wie möglich aus dem Dorf fort.

Jetzt war Laura schon drei Wochen bei ihm, und er genoss diese Häuslichkeit. Er musste feststellen, dass er in keinem Hotel so gut gegessen hatte, wie ihm diese Gerichte schmeckten, die Laura ihm vorsetzte.

Laura hatte Kerzenleuchter und Besteckkästen in die Küche getragen. Mit einem Silbertuch verlieh sie diesen Sachen ihren ursprünglichen Glanz. Ihre Gedanken schweiften immer wieder ab. Sie merkte gar nicht, dass sie unentwegt auf einem Löffel umherrieb.

Sie dachte an ihr wohl behütetes Leben, das dann auf ein falsches Gleis geraten war. Für ihren Vater war sie stets ein Prinzesschen gewesen. Ihren Bruder, der acht Jahre älter war, hatte sie nicht groß zur Kenntnis genommen. Er hatte mit den beiden Söhnen des Nachbarn Freundschaft geschlossen. Von den Freunden wollte er die Schwester heiraten. Und da begann das Problem. Klara wollte ihn erst heiraten, wenn er der Hoferbe war.

Für seinen Vater war es ganz selbstverständlich, dass er den Hof erbte. Er würde aber erst zum Notar gehen, wenn sein Prinzesschen ihren Anteil hätte. Der Blick, den sein Vater erntete, war gar nicht freundlich gewesen. Sehr lässig hatte Günter gesagt: „Dann suche ihr einen Bauernsohn, der einen Hof erbt." Ihre Blicke hatten sich wie scharfe Klingen gekreuzt. Sehr gelassen hatte sein Vater gemeint: „Darüber werde ich nachdenken."

Nach einigen Wochen war in der Tageszeitung die Anzeige, dass der Gastwirt einen Pächter oder einen Käufer suchte. Ihr Vater las schon zum dritten Mal die Anzeige. Schließlich rief er seine Frau und Laura. Dann fuhren sie noch am gleichen Tag zu dritt zu der Gastwirtschaft. Für Laura kaufte er die Gastwirtschaft mit der Bedingung, dass der Gastwirt mit seiner Frau im Hause eine Wohnung bekam. So wurde Laura mit ihren 18 Jahren Gastwirtin. Das Ehepaar arbeitete jeden Tag bei Laura, so als hätte sich gar nichts geändert. Das Pferd und die fünf Kühe hatte ihr Vater auf seinen Hof genommen.

Dann war Alfred in ihr behütetes und unerfahrenes Leben getreten. Trotz aller Warnungen hatte sie schon auf ihn gewartet und seinem Kommen entgegengefiebert.

Der Schlüssel, der in die Wohnungstür gesteckt wurde, holte Laura in die Gegenwart zurück. Horst war früher aus dem Büro gekommen, denn bei ihm fand der wöchentliche Skatabend statt.

Er warf einen Blick auf die Platten, die Laura mit großer Sorgfalt und Delikatesse angerichtet hatte. Sie hatte kalten Rehbraten aufgeschnitten, gekochten Schinken mit Ananas gerollt, Geflügelsalat, Melonenscheiben mit Preiselbeeren und Sahnehäubchen. Für Getränke hatte er schon gesorgt.

Dann ließ er seine Blicke auf Laura ruhen. Sie war in ihrer Art und ihrem Aussehen einmalig. Mit Wohlwollen würde er die neidischen Blicke seiner Skatbrüdern entgegennehmen. An ihren Händen, die schon von Natur eine gute Form hatten, hatte sie noch lange gearbeitet. Obwohl Laura keine Ringe trug, wurden ihre Hände stets beachtet.

Horst hatte schon oft gedacht, diese Hände möchte man mit den Lippen berühren.

So wie graue Wolken am Himmel entlangziehen, sehen auch die abgeernteten Felder aus. Einige Bauern sind mit Pflug und Egge auf dem Acker und säen den Winterroggen aus.

Die Störche sind auch schon fort. Ihren Flug begleiten die Dorfbewohner mit Sorge und guten Wünschen und hoffen, dass sie im Frühling wieder ihre Nester beziehen.

Die Apfelbäume waren auch abgeerntet. Gustav hatte eine lange Leiter an den Apfelbaum gestellt und die Äpfel, die lange lagern, sehr sorgfältig gepflückt. Karin hatte geholfen. Und Helmut war wie ein Eichhörnchen im Baum herumgeklettert.

Später waren Karin und Emma auf dem Heuboden. Da hatten sie die Äpfel in große Truhen mit viel Heu verpackt, damit sie bis März, April ihr Aussehen und Aroma behalten.

Karin sagte: „Ich bin vielleicht schon in einigen Wochen fort." Emma sah sie sehr erstaunt an und konnte Karins Worte kaum fassen.

Emma setzte sich auf eine Kiste und zog Karin an ihre Seite. Sie sagte: „Jetzt erzähle, was dir bei uns nicht mehr gefällt." Mit Tränen in den Augen erzählte Karin, dass Rudolf am Sonntag mit ihr zu seinen Eltern gehen wollte. „Er will mich heiraten. Ich kann doch nicht mit dieser Lüge zu seinen Eltern gehen. Heiraten könnte ich auch nicht mit dieser Lüge. Und wenn ich die Wahrheit erzähle, will er mich bestimmt nicht mehr heiraten. Im Dorf hätten die Leute dann auch noch wochenlang Gesprächsstoff."

Karin erzählte, dass sie schon auf drei Stellenangebote geschrieben hätte. In die Holzhandlung zu Theo und Renate würde sie nicht zurückgehen. Jetzt rannen dicke Tränen über Karins Gesicht. Emma zog sie in ihre Arme und war über Karins Gedanken sehr enttäuscht. Sie sagte: „Kind, du bist doch unsere Tochter.“ Bei Karin flossen noch mehr Tränen, sie sagte: „Ich habe zwei Mütter und zwei Väter. Dann habe ich eben drei Mütter und drei Väter. Aber die richtige Mutter bist du für mich.“ Sie hielten sich gegenseitig in den Armen. In Emmas Augen standen auch Tränen. Karin erzählte und erzählte. Sie sprach von ihren Müttern und Vätern, die sie nicht mehr besuchte. Und dort wurde sie auch nicht vermisst. Dann sprach sie auch von Horst. Dann auch noch von Renate. Und schließlich sprach sie von Dore. Über die Eltern und Herkunft von Dore wollte sie lieber nicht nachdenken. Kurz entschlossen sagte Emma: „Wir gehen zu Gustav und werden ihm alles erzählen. Die Äpfel können bis morgen warten.“

Gustav war zur Kaffeezeit ins Haus gegangen. Er wunderte sich, dass der Tisch nicht gedeckt war. Das hatte er noch nicht erlebt. Und jetzt hatte er doch zwei Frauen im Haus. Er ging in die Küche und brühte sich nach Bremer Art eine Tasse Kaffee. Er dachte, diese Selbstbedienung wird doch nicht zur Gewohnheit werden?

Später, als Emma und Karin ins Haus kamen, ernteten sie von Gustav einen vorwurfsvollen Blick. Als sie dann sagten, sie müssten mit ihm eine große und wichtige Sache besprechen, fragte er, ob die Sache so wichtig sei, dass sogar der Nachmittagskaffee ausfallen müsse.

Aber dann staunte Gustav doch, was er hier alles hörte. Und urteilen sollte er auch noch. Männer sehen wohl alle Sachen nüchterner. Er sagte: „Man muss die Sache umdrehen. Was wäre, wenn Rudolf ein Kind hätte und mit der Mutter gäbe es keine Verbindung?“ Er sah Karin tief in die

Augen und fragte: „Würdest du das glauben?“ Karin merkte, dass sie sehr rot wurde.

Gustav wusste eine andere Lösung. Er sagte: „Du weißt, dass wir dich sehr mögen. Du bleibst bei uns und erbst den Hof. Wenn die Sache dann im Dorf breitgetreten wird, lass die Leute reden. Außer Rudolf gibt es dann auch noch andere Männer. Wenn du dann heiratest, nehmen wir das verpachtete Land zurück. Die paar Morgen Land, die ich Theo verkauft habe, fallen nicht ins Gewicht.“ Karin hatte nicht gewusst, dass Gustav zu den ganz großen Bauern gehörte.

Über dieses Vertrauen, das ihr hier entgegengebracht wurde, konnte Karin ihre Tränen nicht mehr zurückhalten. Sie dachte auch an Renate, die sie hier hingebracht hatte, damit sie einige Monate von der Bildfläche verschwand. Jetzt brachten Emma und Gustav ihr so viel Vertrauen entgegen, dass sie ihr den Hof schenken wollten. Mit Tränen im Gesicht fiel sie Gustav um den Hals. Aber nicht wegen des Hofes, nur für seine liebevolle Einschätzung. Gustav war so verlegen und klopfte Karins Rücken. Emma ging auch hin und beteiligte sich an der Umarmung.

Später saß Karin in ihrem Zimmer und sah in den dunkelblauen Nachthimmel. Kleine Wolkenfetzen schoben sich von Zeit zu Zeit über die blasse Mondsichel, die wie ein Lampion am Himmel hing. Sie dachte an Gustavs Worte und an Rudolf. Wo blieben jetzt ihre Vorsätze, dass sie Männer wie Spielbälle behandeln würde? Dem Rudolf schenkte sie ihre ganze Wärme und innige Liebe. Sie mochte seine Zuverlässigkeit, auch seine fürsorgliche und höfliche Art. Aber morgen würde er die gar nicht mehr wollen. Vielleicht hörte er sich ihre Worte gar nicht an.

Sie merkte gar nicht, wie lange sie hier schon gesessen hatte, während ihre Gedanken nach allen Richtungen davongelaufen waren. Karin hatte lange nicht mehr gebetet. Aber jetzt faltete sie die Hände und sagte schlicht und einfach: „Lieber Gott, lass Rudolf bei mir bleiben." Dann erinnerte sie sich auch noch an das Gebet, das sie als Kind gebetet hatte, und faltete noch einmal ihre Hände. Mit Inbrunst sprach sie ihr Kindergebet: „Lieber Gott, kannst alles geben, gib auch, was ich bitte nun, schütze diese Nacht mein Leben, lass mich sanft und sicher ruhn. Sieh auch von dem Himmel nieder auf die lieben Eltern mein, dass ich alle Morgen wieder fröhlich und dir dankbar sei."

Als sich im Osten ein zartes Rot an den Himmel schob, sah Karin, dass sich ein neuer Tag ankündigte. Sie dachte, mein Abendgebet war hier falsch. Sie betete auch noch ihr Morgengebet: „Mein Gott, vorüber ist die Nacht, gesund und froh bin ich erwacht. Du warst mit deinem Schutz bei mir, oh Vater im Himmel, hab Dank dafür und sieh auf mich auch diesen Tag, dass mir kein Leid geschehen mag."

Nach dieser Nacht wusste Karin, dass sie Rudolf lächelnd empfangen würde, dann auch mit einem charmanten Lächeln bei seinen Eltern sitzen würde und dann ihre neue Stelle in der Molkerei antreten würde.

Der Einzige, der keine Sorgen hatte, war der kleine Dore. Der saß mit seinen kleinen Holzklötzchen auf dem Teppich und mühte sich mit seinem „da", „ha" oder „brr" ab. Wenn er meinte, er habe wohl sein Soll erfüllt, robbte er zu Renate, die an ihrem Schreibtisch saß. Er wusste auch, dass er dann auf den Schoß genommen wurde.

Immer wenn Theo aus der Firma kam, brachte er für Dore ein kleines Geschenk mit. Heute war es ein blauer Luftballon. An ihm baumelte ein winziges Herz aus Holz. Theo meinte, er könne gar nicht früh genug mit Holz in Verbindung kommen.

Theo setzte sich in seinen Ledersessel und stopfte seine Pfeife. Dore, der ihn eine Zeit beobachtete, ließ den Luftballon los, der dann wie eine Dekoration mit dem Herzchen an der Zimmerdecke stand. Dore robbte zu Theo, zog sich mit Kraftanstrengung an seinem Hosenbein hoch und stand kerzengerade neben ihm. Theo legte seine Pfeife fort, sagte: „Na, so etwas“, und zog ihn auf seinen Schoß.

Renate genoss den Anblick. Sie dachte, wenn Dore seine ersten Schritte macht, werden wir zu Karin fahren. Mit forschendem Blick betrachtete sie sein hübsches Gesicht und meinte, er habe viel von Horst. Wie gerne hätte sie Theo die Wahrheit gesagt. Sie wagte es aber nicht, denn sie hatte stets gesagt: „Zwischen uns darf es nie ein Geheimnis geben.“ Und jetzt lebte sie schon Monate mit einem Geheimnis.

An dieses Stadtleben konnte Laura sich nicht gewöhnen. Mit einem Staubtuch bearbeitete sie den Flügel. Dann öffnete sie den Deckel und klimperte auf den Tasten herum. Sie dachte an Alfred, ihren Ehemann. Vielleicht war sie auch schon geschieden. Sie hatte ihrem Vater für alles ihre Vollmacht gegeben. In das Dorf würde sie nie zurückgehen. Aber hier wollte sie auch nicht bleiben.

Dann warf die große Standuhr hart und laut ihre Schläge in die stillen Räume. Und Laura wusste, dass sie sich um das Mittagessen kümmern musste. Im Backofen hatte sie einen Fasan, dazu gab es Weinkraut, vorher eine Brühe mit Schwemmklößchen, als Nachtisch eine gekochte Birne im Schokoladenmantel.

Nachdem in der Küche alles wieder auf dem gewohnten Platz stand, machte Laura im Haushaltsbuch die nötigen Eintragungen. Am Himmel hatten sich dunkle Wolken zusammengeschoben. Gleich danach entlud sich ein großes

Gewitter, und Blitze liefen im Zickzack über den Himmel. Dann fielen dicke Regentropfen, die die Erde erst dampfend aufgenommen hatte, aber bald bildeten sich große Pfützen, die in Rinnsalen davonschwammen. Laura hoffte, dass die Geranien auf dem Balkon nicht gelitten hatten. In verschiedenen Farben waren die Blüten groß und rund. Sie waren so schön, als lägen die Farben untereinander im Wettstreit.

Laura hörte, dass Horst in die Wohnung kam. Er sah Laura auf dem Balkon stehen und trat neben sie. Auch er ließ seine Blicke auf den Geranien ruhen. Er stand aber so dicht neben ihr, dass sich ihre Wangen fast berührten. Aber nur fast, es war nur ein leichtes Vibrieren. Laura merkte, dass sie rot wurde. Mit seinen Augen hielt Horst ihren Blick fest, und auf seinem Gesicht lag ein leichtes und pfiffiges Grinsen.

Später, als sie Abendbrot aßen, fragte Horst, ob er die Haushaltskasse aufstocken müsse. Mit ihrem schüchternen Lächeln, in dem ihre unbeschreiblich schönen und gleichmäßigen Zähne zu sehen waren, sah Laura ihn an. Nein, das Geld würde noch für Monate reichen. Sie wollte sich um einen neuen Wirkungskreis bemühen. Hier sei sie nicht ausgelastet. Mit ungläubigen Augen sah Horst sie an und meinte: „Wir werden überlegen, wie und was wir ändern können."

In dieser Nacht schlief Horst nicht. Er würde sie nicht fortlassen. Er brauchte nur an sie zu denken, dann spürte er schon, wie sein Blut in den Adern pulsierte. Irene, seine Vorzimmerdame, war auch sehr vorzeigbar. Das war auch schon alles. Ihre ganze Art war langweilig. Sie hatte aber nichts dagegen, wenn sie nach Büroschluss noch ein Glas Wein in seinem Zimmer tranken.

Als Horst auch die zweite Nacht nicht schlief und seine Gedanken in alle Richtungen liefen, dachte er, ich werde einen Hund kaufen. Am liebsten wäre er wegen dieses Einfalls gleich in Lauras Zimmer gestürmt.

Am nächsten Tag ging er vor Büroschluss fort. Irene teilte er kurz mit, dass er zu einer Verabredung müsse. Ihren vorwurfsvollen Blick übersah er.

Als Horst die Wohnungstür aufschloss, rief er: „Ich bin wieder da. Und heute werden wir unseren Haushalt noch vergrößern. Wir kaufen einen Hund."

Sie saßen sich gegenüber. Die Flasche Wein, die Horst sonst mit Irene leerte, trank er mit Laura. Mit den Gläsern stießen sie auf den Hund an. Und ihre Blicke lagen wie Anker ineinander.

Laura erzählte von ihrem Dackel „Wurzel" kleine Geschichten. Horst kannte einige Förstereien mit einer Hundezucht. Er meinte, da würden sie schon einen hübschen Rüden finden. Einen hübschen Namen würden sie dann auch finden. Darauf stießen sie wieder mit ihren Gläsern an.

So hatte Laura sich den Abend nicht vorgestellt. Sie merkte, dass sie leicht beschwipst war. Sie wusste nicht, ob es an dem Wein lag oder daran, dass sie lange keinen Wein getrunken hatte. Sie vergaß, dass Horst ihr Chef war, und zog alle weiblichen Register. Mit einem vielversprechenden und charmanten Lächeln sah sie ihn an.

Horst dachte, wo habe ich schon solchen sinnlichen Mund gesehen? Eigentlich kamen die hübschen Zähne sehr in den Vordergrund. Er zog Lauras Hand an seine Lippen und dachte, hier verliere ich noch meinen Verstand.

Laura meinte, hier könne sie nicht länger sitzen bleiben, und erhob sich. Horst sagte, er könnte hier doch nicht allein trinken, und zog sie wieder in ihren Sessel. Als Horst dann fragte, welche Marke sie mit ihrem Mann getrunken habe, erzählte Laura ihre ganze Misere mit Alfred.

Als Vertreter war er in ihren Laden gekommen. Er war aus Hamburg und brachte einen Hauch von der Großstadt in ihr kleines Dorf. Vor allen Dingen in ihren Laden. Er kam alle 14 Tage und nahm ihre Bestellung entgegen. Schließlich kam er alle acht Tage.

Mit seinen 35 Jahren gefiel Alfred das Vertreterdasein schon lange nicht mehr, obwohl die Firma auf den Weltmärkten einen Namen hatte. Laura war vorzeigbar. In einigen Dingen war sie ein bisschen ungehobelt. Er würde ihr zeigen, wie junge Damen schreiten und stets mit einer weichen Stimme sprechen, auch immer ein kleines Lächeln aufs Gesicht legen, nicht bei jeder Gelegenheit laut lachen und vieles mehr. In ihrem angrenzenden Zimmer hatten sie eine Tasse Kaffee getrunken. Sie hatten gar nicht gemerkt, wie die Zeit davonrannte. Er hatte nach einer Bushaltestelle gefragt, denn an seinem Auto brannte nur ein Scheinwerfer, und in diesem Dorf war keine Werkstatt. Dann hatte Laura ihm bei sich eine Übernachtung angeboten. Sie ahnte nicht, dass an seinem Auto beide Scheinwerfer brannten und dass sie sich nicht gegen seine Liebesspiele wehren konnte. Willenlos schmolz sie in seinen Armen dahin.

Bevor im Dorf Leben war, verließ er das Haus. Laura war ihm mit nackten Füßen nachgelaufen und hing an seinem Hals. Er trug sie ins Bett zurück. Als er dann später ging, lief sie nicht mehr hinterher. Sie legte ihren Kopf auf sein Kissen und gab sich dem Erlebten hin.

Den neuen Tag hatte Laura mit einem Liedchen begonnen. Zuerst hatte sie es nur gesummt, aber bald sang sie es aus voller Kehle, als müsste sie mit den Vögeln, die ihre Lieder in die Welt schmetterten, wetteifern.

Aber Lauras gute Stimmung bekam einen großen Dämpfer. Ein Nachbar war zu ihrem Vater gegangen und hatte gefragt, ob es bald eine große Hochzeit gäbe. Das Auto von Alfred hätte die ganze Nacht vor der Tür gestanden. Laura, die sich noch alle Einzelheiten dieser Nacht ins Gedächtnis gerufen hatte, die sie auch ihr ganzes Leben nicht vergessen wollte, wunderte sich, dass ihr Vater so früh zu ihr gekommen war.

In scharfem Ton hatte er gefragt, ob sie den Kerl schon nachts hier hätte. Sie hatte ihn nur schweigend angesehen. Dann hatte ihr Vater einen anderen Ton angeschlagen. Mit sanfter Stimme hatte er dann gesagt: „Der Mann passt nicht in unser Dorf." Und dann war er gegangen. Laura war froh, dass ihr Vater wenigstens noch Mann gesagt hatte.

Alfred hatte an seinen Plänen festgehalten. Laura besaß ein Haus mit einem gut gehenden Geschäft. Er wollte ja Laura heiraten und nicht ihre Eltern. Sie war 19 Jahre alt gewesen, als sie Alfred geheiratet hatte, und nicht geahnt, dass es auf der Welt so viel Glück geben konnte. Wenn die Sonne schien, hatte sie gedacht, die scheint nur für mich und Alfred. In ihrem Garten sollten nur rote Rosen blühen. Sie sah die ganze Welt in rosaroten Farben.

Alfred, der die Ware für das Geschäft einkaufte, war fast jeden Tag unterwegs gewesen. Sehr lange hatte sie nicht gemerkt, dass er sein flottes Leben weiter führte. Trotz Umsatz war die Tageskasse stets leer gewesen. Und das Ende war die Scheidung. Es war noch nicht das Ende, sie hatte ihrem Vater die Vollmacht gegeben.

Laura hatte sich die Höhen und Tiefen von der Seele geredet. Sie hob ihr Glas und trank auf den dritten Hausbewohner, den Hund, den sie kaufen wollten. Dann war sie aufgestanden und hatte gemerkt, dass sie beschwipst war.

Und war froh, dass sie keinen weiten Nachhauseweg hatte.

Dann hatte Horst sie ins Zimmer getragen, war auch gleich die ganze Nacht in ihrem Zimmer geblieben. Und Horst als großer Frauenkenner hatte nicht geahnt, was ihm hier in dieser Nacht alles geboten wurde. In Gedanken hatte er tausend Danke an Lauras Alfred geschickt.

Den nächsten Morgen hatte Laura sehr verlegen am Frühstückstisch gesessen. Dann hatte sie sich gewundert, dass Horst ganz nebenbei fragte, was es heute Schönes zu Mittag gäbe. Und an den Hund würde er denken.

Mit einem sinnenden Blick hatte Laura zwischen ihrer Garderobe gewählt. Sie wollten ja auf ein Gut mit einer Hundezucht fahren.

Dann klingelte das Telefon. Horst rief an, er könne nicht kommen. Er hatte mit einem Bauingenieur eine Verabredung auf einem Neubau. Er brauchte die Maße für eine Holzlieferung. Horst war gar nicht mehr am Telefon, aber Laura hatte den Hörer immer noch in der Hand. Sie hatte sich so sehr auf einen Hund gefreut.

Laura konnte ihre Enttäuschung kaum verbergen. Sie würde in ein Tierheim fahren. Sie wusste gar nicht, wo hier ein Tierheim war. Aber schließlich würde ein Taxifahrer es wissen.

Laura hatte noch nie ein Tierheim gesehen. Sie wunderte sich über die verschiedenen Rassen. Viele Hunde saßen da mit apathischen Blicken in ihren Boxen. Einem Pudel fehlte an einer Seite sein Fell. Kinder hatten es mit einem Feuerzeug abgebrannt. Laura hatte noch nie Hunde mit solchen leeren Blicken gesehen.

Ein Schäferhund saß hinten in seiner Box, als nehme er die ganze Umgebung gar nicht wahr. Er war abgemagert, und sein Fell war struppig. Laura blieb vor seiner Box stehen und forderte ihn immer wieder zum Kommen auf. Nach einer ganzen Zeit kam er mit schleppendem Gang. In seinen Augen lag eine unbeschreibliche Trauer. Laura dachte, wenn Hunde weinen könnten, er würde weinen. Dabei merkte sie gar nicht, dass über ihr Gesicht Tränen liefen. Sie fragte den Betreuer, was mit dem Hund wäre. Den hatte man sehr schlimm zugerichtet. Am ganzen Körper hatte er blutende Stellen gehabt. Das Halsband war so eng gewesen, dass er nur mit Brei gefüttert werden konnte. Die Polizei hatte ihn ins Tierheim gebracht und von der Familie, die ihm das angetan hatte, befreit.

Der Betreuer wunderte sich, dass er aus der Ecke herausgekommen war. Das hatte er noch nie getan. Laura sagte: „Morgen komme ich wieder."

Im Büro wurde für sie eine Taxe bestellt. Sie behielt nur Geld für die Fahrt und gab den Rest für das Heim.

Mit großer Ungeduld wartete Laura auf Horst. Als er kam, ging sie ihm schon in der Diele entgegen, erzählte auch gleich, dass sie im Tierheim gewesen war. Auch, dass sie nur den dortigen Schäferhund wollte.

Horst hörte sich den Verlauf schweigend an. Ihm gefiel diese Sache gar nicht. Er hätte gerne aus einer Zucht einen Vorzeigehund mit Stammbaum gehabt. Er willigte aber ein. Er dachte noch an die letzte Nacht. Laura wollte ihn Mono nennen. Er war auch damit einverstanden.

Bevor Laura Mono holte, hatte sie im Geschäft das Zubehör gekauft. Der Hundekorb, der in der Diele stehen sollte, grenzte schon an Luxus. Leine, Halsband und Bürste waren aus tannengrünem Leder.

Nach der großen Fürsorge und Liebe, die Mono jeden Tag von Laura bekam, wurde er immer schöner. Sein Fell hatte wieder Glanz bekommen. In seinen Augen lagen Dankbarkeit und unterwürfige Treue.

Wenn Laura mit Mono ihre tägliche Runde in den Anlagen machte, waren sie schon vorzeigbar, so wie Horst es wünschte. Laura war es auf alle Fälle. Mit ihrer eleganten, aber dezenten Garderobe – ein „Danke“ an ihren Hamburger Ehemann – konnte man sie nicht übersehen.

Karin hatte ihre neue Stelle angetreten. Für Emma und Gustav war ihr Fortgehen unfassbar gewesen. Sie konnten es auch nicht begreifen, dass Rudolf sie einfach fortließ. Er hatte sie noch seinen Eltern vorgestellt, aber so sind wohl die Männer. Gustav sah seine Emma mit einem durchdringenden Blick an und sagte: „Dann lege mal die Karten offen auf den Tisch. Was hast du an mir auszusetzen?“ Mit verschmitztem Lächeln bekam er die Bestätigung, dass er eine Ausnahme sei. Aber in acht Tagen sei in der Gastwirtschaft ein Ball vom Gesangsverein. Gustav sagte: „Wenn Rudolf mir da über den Weg läuft, gehe ich ihm an den Kragen.“ Emma bot sogar ihre Unterstützung an.

Dann setzte sie sich in den Garten vor die Laube. Sie sah gerne, wenn der Tag in die Abenddämmerung glitt und ein Perlmuttschimmer über den violetten Himmel zog. Zeno, den sie von seiner Hütte geholt hatte, lag neben ihren Füßen und zeigte seine Treue.

Gustav hatte seinen Rundgang durch die Ställe gemacht und setzte sich zu Emma auf die Bank. Er rauchte seine Pfeife, blickte dem ziehenden Rauch nach, sah, dass zwischen den Wolken die Sterne sehr schüchtern hervortraten. In der Ferne schickte ein Käuzchen seinen gleich bleibenden und klagenden Ruf in die stille Nacht. Irgendwo gab ein Hund bellende Laute von sich. Ein leichter Wind spielte mit dem trockenen Laub. Und die Bäume mit den fast kahlen Ästen zeichneten sich am nachtblauen Himmel ab. Emma erzählte, dass sie sich gefreut hatte, als der Briefträger auf den Hof gekommen war. Der würde sicher einen Brief von Karin mit ihrer Anschrift bringen. Er hatte aber nur die Einladung zu dem Ball, den der Gesangsverein veranstaltete, gebracht. Bevor sie ins Haus gingen, brachte Emma die Kissen und Decken in die Gartenlaube. Gustav ging mit Zeno zu seiner Hütte.

Mit den geladenen Gästen war der Ball wie jedes Jahr eine interne Modenschau. Der Kapellmeister kannte sein Publikum und ließ die Bläser die vertrauten Weisen spielen. Im Walzertakt drehten sich die Paare wie Turniertänzer. Einige Bauern standen an der Theke und tranken ein Bier. Unter ihnen war auch Gustav. Dann war Rudolf auch an die Theke gekommen, und neben Gustav bestellte er ein Bier, sagte auch noch, er hätte so sehr gehofft, dass Karin zu diesem Ball gekommen wäre. Gustav dachte, diese Frechheit übersteigt sämtliche Grenzen. Er zog ihn zur Seite und sagte, dass er ihm wegen Karin am liebsten an den Kragen ginge. „Das Mädel breitet ihre wunde Seele vor dir aus, und du lässt sie gehen."

Rudolf fragte, was er damit meinte. Er hatte doch ans Heiraten gedacht. Sie war doch auch bei seinen Eltern gewesen. Gustav sah ihn mit verträumten Augen an. Er konnte es kaum fassen, als Rudolf sagte, daß sich seine Eltern über das reizende und hübsche Mädchen gefreut hatten.

Seine Eltern hatten sogar bedauert, dass sie fortwollte. Sie hatte mit einem Lächeln erklärt, dass sie ihrer Tante und ihrem Onkel nicht noch länger zur Last fallen könne. Sie müsse auch wieder in ihren Beruf zurück. Demnächst würde sie als Bürokraft in einer Molkerei anfangen, denn in dem Fachgebiet sei sie ja firm. Sie habe doch schon eine

Kuh gemolken. Den Vorgang hätte sie so lustig mit allen Einzelheiten geschildert, dass sie alle sehr gelacht hätten.

Mit sinnendem Blick sah Gustav Rudolf an. Er wusste jetzt, dass Karin alle Brücken hinter sich abbrechen wollte, denn sie hatte ihnen keine Anschrift gegeben. Gustav sagte: „Junge, wenn du sie wirklich haben willst, dann suche sie. Ich werde dabei helfen und werde schauen, ob Molkereimeister auch Innungsmitglieder sind.“

Drei Wochen saß Karin schon neben Frau Behnke auf ihrem neuen Arbeitsplatz. Sie versuchte, die Anweisungen, eigentlich waren es harte Befehle, von Frau Behnke mit einem kleinen Lächeln entgegenzunehmen. Sehr oft spürte sie, wie auf einem Ausstellungsstück den durchdringenden Blick auf sich ruhen.

Obwohl Karin jeden Morgen sehr pünktlich im Büro war, saß Frau Behnke, die schon viele Jahre in der Molkerei arbeitete, schon an ihrem Schreibtisch. Das „Guten Morgen“ von Karin überhörte sie. Sie wurde mit einem vorwurfsvollen Blick gemustert, als wäre sie eine halbe Stunde zu spät gekommen.

Es war jeden Tag faszinierend, wenn die Lastwagen mit den Milchkannen in einer langen Schlage an der Rampe standen. Mit ihren weißen Jacken und den weißen Schirmmützen, die sehr kleidsam waren, standen zwei Gesellen schon bereit. Sie stellten die Kannen auf ein Fließband, das sie in die Molkerei befördern würde. Auf dem zweiten Fließband kamen sie aus der Molkerei und wurden gleich wieder auf den Laster geladen. Und die Autoschlange an der Rampe wurde sehr schnell kürzer. Karin fand die blechernen Geräusche angenehm und bewunderte diesen schnellen eingespielten Ablauf.

An die ruppige Art von Frau Behnke hatte Karin sich

schon gewöhnt. Auch, dass sie ihr Lehrlingsarbeiten mit derben Bemerkungen auf den Schreibtisch legte. Sie freute sich auf ihr möbliertes Zimmer, das sie in der Stadt gemietet hatte. Es war ein kleines Mansardenzimmer in einem Haus, das eher eine Villa war. In dem Zimmer hatte eine Angestellte gewohnt. Die wurde nicht mehr benötigt. Die beiden Söhne studierten in einer anderen Stadt. So kam vormittags nur eine Stundenfrau.

In dem Zimmer, das Karin „mein kleines Nest" nannte, fühlte sie sich sehr geborgen. Sie bewunderte den Architekten, der diesen Raum mit viel Raffinesse ausgestattet hatte. Das ganze Zimmer hatte nur Einbaumöbel. An der Schräge war das Bett. Der Tisch war an der Wand und ließ sich herunterklappen. Der viertürige Kleiderschrank war gleichzeitig Bücher- und Geschirrschrank. Der Schreibtisch war in einer Zimmerecke, hatte an beiden Seiten drei Schubladen. Die Lampe an der Zimmerdecke ähnelte einer Ampel und war aus dem gleichen Holz. Im Zimmer war eine sechseckige Säule, davon waren zwei Seiten mit Spiegelglas vom Fußboden bis zur Decke verkleidet. Die Wände und Zimmerdecke waren holzgetäfelt. In dem großen Raum, der einer Schiffskoje ähnelte, lag ein blauer Teppich mit dunkelblauer Umrandung. Der war aus Wolle und mit Kreuzstichen gearbeitet. Karin konnte ihren Blick kaum wieder fortnehmen. Die Bettwäsche war blau-weiß kariert, und die Gardinen vor dem großen breiten Fenster waren aus dem gleichen Stoff. Auf dem großen Bild, das an der Wand hing, flogen vier Schwäne am nachtblauen Himmel.

Nebenan war der Dusch- und WC-Raum. Die Kacheln und das Waschbecken hatten eine schilfgrüne Farbe.

Mit staunendem Gesicht hatte Karin dieses Zimmer angeschaut. Ihr Blick war immer noch auf den Teppich gerichtet. Frau Mielke hatte sie schweigend beobachtet. Schließlich hatte sie dann gefragt, ob ihr das Zimmer nicht gefallen würde. Mit schwacher Stimme hatte Karin gesagt, doch, sehr, aber sie könne es nicht bezahlen.

Mit einem warmen Blick hatte Frau Mielke sie angesehen und gemeint, sie hätten doch noch gar nicht über den Preis gesprochen. Sie wurden sich sehr schnell einig, und Karin hätte am liebsten die ganze Welt in ihre Arme geschlossen. Sie dachte, jeder Vogel baut sich ein Nest, und dies ist mein Nest. So wie ein Vogel werde ich die Außenwelt auch nicht in mein Nest schauen lassen.

In der Vorweihnachtszeit zog der Winter Alt und Jung in seinen Bann. Karin saß in ihrem Zimmer und hatte den Blick auf das Fenster gerichtet. Sie beobachtete die Schneeflokken, die der Wind hin und her wirbelte. In dem Vorgarten stand ein Tannenbaum mit elektrischen Kerzen. Mit verträumtem Blick sah sie den kleinen warmen Lichtschein. Und der Schnee hatte schon überall sein weißes Tuch ausgebreitet.

Dann richtete sie ihren Blick auf die Fensterbank. Da stand der rote Adventsstern in einem blau-weiß gestreiften Übertopf. Obwohl sie ihre Ausgaben sehr genau in einem kleinen Schreibheft eintrug, machte sie von Zeit zu Zeit Bilanz und hatte sich heute diesen Luxus gegönnt.

Der letzte Eintrag war die weiße Wolle gewesen. Sie hatte sich einen Schal und Fausthandschuhe gestrickt, dann auch noch eine weiße Mütze gehäkelt. Den Rand hatte sie noch extra mit Schlingmaschen gehäkelt, damit sie Fülle bekam. Es war so ein Käppi, wie es die Pagen im Hotel trugen. Auch genauso schick.

In einem Schaufenster hatte sie einen Lodenmantel gesehen, den hätte sie gerne gekauft. Schon wegen der

Anthrazitfarbe. Aber den konnte sie sich noch nicht leisten.

Von Renate hatte sie damals ein Sparbuch mit einem großen Betrag bekommen. Es war fast ein kleines Vermögen. Sie hatte sich geschworen, dass sie das Geld nicht anrühren würde. Sie wusste nicht, ob sie damals ihr Leben gekauft oder Dore verkauft hatte.

Die große Standuhr in der Diele holte sie mit dumpfen und durchdringenden Schlägen in die Gegenwart zurück. Ohne Licht saß Karin im Zimmer und sah zum nachtblauen Himmel. Die Sterne glitzerten wie Eiskörner. Der Mond wurde immer wieder von grauen Wolkenfetzen verdeckt. Von Zeit zu Zeit fegte ein eisiger Wind den Schnee von den Dächern, der dann als weiße Wolke zur Erde fiel.

Karin dachte an die kommende Woche. Dann war die Weihnachtsfeier für die Angestellten. Die Arbeiter bekamen das Weihnachtsgeld mit dem Wochenlohn ausgezahlt. Seit einigen Wochen wurden aus Molke Schokoladenplätzchen hergestellt, die sehr gut waren. Der Versand ging an viele Großhändler.

Der Geselle Klaus brachte jeden Tag die Lieferscheine zum Weiterbearbeiten ins Büro. Er hatte auch die ersten Schokoladenplätzchen mitgebracht und nebenbei erwähnt, sie seien eine Kostprobe. Die er vor Karin auf den Schreibtisch gelegt hatte, hatten ein rotes Band mit einem kleinen Herzen. Auf dem Schreibtisch von Frau Behnke lagen sie ohne Band. Karin wusste auch, dass es keine Kostprobe war. Die Angestellten hatten natürlich Sonderpreise.

Karin hatte nicht gewusst, dass die Molkerei zu dem großen Werk gehörte. In der Mittagsstunde war Klaus mit ihr auf das Werksgelände gegangen. Sie waren in dem Raum gewesen, wo die Maschinen unter ihnen arbeiteten. Sie hatten da gestanden wie ein Kapitän auf seiner Brücke. – An einer Wand nahm eine große Tafel fast die ganze Fläche ein. Dort leuchteten in verschiedenen Farben kleine Kontrolllämpchen auf. Ein Ingenieur saß davor und notierte in einem großen Buch, welche Maschine sich abschaltete oder einsetzte. Hier wurde in drei Tagesschichten gearbeitet. Die Maschinen durften nicht abgeschaltet werden. Zwischen Weihnachten wurden sie einige Tage abgeschaltet, dann wurden sie gewartet.

Hier arbeiteten vier Ingenieure und 120 Arbeiter. Hergestellt wurde im Trockengefrierverfahren, auch Astronautenkost. Die Lastwagen, die Obst und Gemüse und auch Sonstiges brachten, durften auch sonntags die Autobahn benutzen.

Mit schnellen Schritten verließen Karin und Klaus das Gelände. Karin hatte nur gestaunt und gemeint, hier könne man Zeit und Stunde vergessen. Sie sahen noch den Lastwagen, der aus Jugoslawien kam und Himbeeren geladen hatte. Später kauften die Marmeladefabriken, Eisdielen und andere Betriebe die getrockneten Früchte.

Einen Blick hatten sie noch in das Büro geworfen. Da hatte Karin auch die Dolmetscherin Lottelore kennen gelernt. Für Karin war dies hier alles viel zu gewaltig, und sie freute sich, dass sie in der Molkerei ihr Büro hatte.

Klaus hatte schon oft gefragt, ob sie sich nach Feierabend mal einen Film ansehen oder in einem kleinen Café ein Glas Wein trinken könnten. Karin hatte es stets bedauert, weil sie zu Hause von ihrer großen Familie erwartet würde. Jeden Abend müsse sie noch Pflichten übernehmen.

Mit den Worten: „Nach der Weihnachtsfeier werden wir uns noch in ein gemütliches Lokal setzen", hatte Klaus ihre Hand genommen. Dann hatten ihre Blicke ineinander gelegen, sodass sie beide nicht merkten, dass sie sich immer noch an den Händen hielten.

Karin wusste, dass sie nicht zu dieser Weihnachtsfeier gehen würde, und suchte nach einer glaubhaften Begründung. Die Feier war gleich nach Büroschluss in dem großen Sitzungssaal. Sie könnte in der Apotheke eine große Binde kaufen und sich den Knöchel umwickeln. Vielleicht könnte sie da auch noch eine richtige Stütze leihen, dann mit einer Taxe ins Büro fahren und auch gleich eine Taxe für den Heimweg bestellen. Diese unnötige Geldausgabe wäre für sie ein kleines Vermögen. Dem Geld würde sie hinterhertrauern.

Als sie nach dieser Besichtigung wieder an ihrem Schreibtisch saß, wurde sie in das große Büro gerufen. Mit klopfendem Herzen und schnellen Schritten eilte sie über das große Gelände. Ihre Gedanken liefen in verschiedene Richtungen. Da wurde ihr klipp und klar mitgeteilt, dass sie den Platz von Sabine einnehmen müsse. Die Mutter von Sabine war ins Krankenhaus eingeliefert worden, und sie müsse jetzt drei kleine Geschwister versorgen.

Jeden Abend versuchte Karin, dem vergangenen Tag gute Seiten abzugewinnen. Aber was sollte sie diesem Tag mit dieser Hiobsbotschaft abgewinnen? Obwohl sie sich selber Mut zusprach, schlief sie die ganze Nacht nicht. Eigentlich waren ihre Sorgen doch unbegründet. Neben Renate hatte sie doch schon große Bilanzen bearbeitet. Nach Feierabend hatte sie auch noch die Akten geordnet, die Horst ihr alle auf den Schreibtisch gelegt hatte. Sie ärgerte sich, dass sie jetzt an Horst dachte, den sie doch aus ihrem Leben verbannt hatte.

Am nächsten Tag war Karin sehr pünktlich bei der Vorzimmerdame, Frau Kranz, erschienen, die sie dann mit hoheitsvoller Miene zu ihrem neuen Arbeitsplatz führte. In dem großen Raum standen drei Schreibtische. Der eine wurde ihr zugewiesen. Hier saßen Hanna und Uwe, und von Hanna sollte sie die Aufträge entgegennehmen.

Karin merkte immer wieder, dass die Vergangenheit sie einholte. Hanna hatte gefragt, in welchem Betrieb sie vorher gearbeitet hätte. Auch, warum sie die Stelle dort aufgegeben hätte. Es war gut, dass sie schon lange an ihrer Vergangenheit gefeilt hatte. Mit knappen Worten hatte sie vom tödlichen Unfall ihrer Eltern gesprochen, und dass sie nun bei ihren Verwandten wohnte. Nach Büroschluss sah sie, dass ihr Name auch draußen an der Tür stand. Hier waren mehrere Büros. An einigen Türen stand nur ein Name, so auch von der Dolmetscherin Lottelore, die mit einem Ingenieur verheiratet war.

Jetzt war es ganz selbstverständlich, dass sie der Weihnachtsfeier nicht fernbleiben durfte. Sie würde das Kleid anziehen, das sie damals mit Renate für einen Theaterbesuch gekauft hatte. Eigentlich hatte es in ihrem Schrank schon den Platz bekommen, dass es nicht mehr in ihrem Blickfeld war, denn es gehörte doch auch zu ihrer Vergangenheit.

Für die Feier war der große Sitzungssaal sehr festlich hergerichtet. Die große, sehr gut gewachsene Tanne nahm eine große Fläche ein. Die brennenden weißen Wachskerzen verbreiteten warmes Licht und legten Ruhe und Wärme in den Raum.

Für jeden Mitarbeiter stand neben der Platzkarte ein Leuchter mit weißen Kerzen und mit eingravierter Jahreszahl und sollte so eine nette Erinnerung sein. Das Weihnachtsgeld hatten sie mit ihrem Gehalt bekommen.

Die nur kurze Zeit im Betrieb waren, bekamen einen

hübschen holzgeschnitzten Leuchter. Die Leuchter für langjährige Mitarbeiter waren aus Silber. Auf dem langen weißen Tafellaken lagen in der Mitte Efeuranken. Dazwischen lagen rote Blüten von den Adventssternen und hatten auf den Efeuranken eine enorme Wirkung.

Der Chef hielt eine kurze Ansprache. Er meinte, da sie alle im Betrieb arbeiteten, wenn auch auf verschiedenen Gebieten, seien sie doch schon eine richtige Großfamilie. Als Kinder hätten sie sicher neben dem Weihnachtsbaum Gedichte aufgesagt. Aber jetzt würden sie gemeinsam die altvertrauten Weihnachtslieder singen. Er setzte sich ans Klavier. Lottelore und ihr Mann gingen mit ihren Geigen ans Klavier. Sie spielten „Am Weihnachtsbaume die Lichter brennen“ und alle sangen mit. Dann wurde auch noch das Lied „Stille Nacht, heilige Nacht“ gesungen. In dem Lied, das auch in der ganzen Welt in verschiedenen Sprachen gesungen wurde, lag immer eine kleine Tragik. Karin dachte an ihr Zuhause und merkte, dass ihre Augen feucht wurden. Sie dachte, lächle, lächle, das hatte sie doch in der letzten Zeit gelernt.

Sie saß zwischen Hanna und dem Gärtner, der gerade seine Meisterprüfung gemacht hatte. Er versorgte mit zwei Lehrlingen, wenn nötig auch mit Hilfskräften, auf dem Gelände neben den Anlagen, Bäumen und dem Gewächshaus auch noch einen Teich mit Karpfen und Forellen. Seit einigen Monaten hatten sie den Blumen etwas von der Schau gestohlen. Die sehr gut gewachsene Tanne war auch aus seinem Bestand. Diesen Saal hatte er auch festlich gestaltet. Karin könne gerne mal nach Feierband rüberkommen. Er würde sie zu den Schwänen begleiten. Nur mit ihrem Dasein und dem stolzen Dahingleiten zogen sie immer Blikke an. Mit einem Lächeln sagte sie: „Die werde ich mir mal anschauen.“ Dachte, ich werde mich hüten. Klaus saß ihr schräg gegenüber. Seine Blicke ruhten oft bei ihr. Wenn sie sich trafen, war es, als wären sie im Einklang miteinander.

Weil Karin der einzige Neuling im Betrieb war, hatte sie das Gefühl, dass sie von allen 42 Angestellten gemustert wurde. Sie war froh, dass das Essen serviert wurde. Vor dem Wildschweinbraten mit Rotkohl und Apfelmus, die Kartoffeln hatten eine runde Ballform, wurde eine klare Rinderbrühe mit Eierstich gereicht. Den Abschluss machte die echte Götterspeise. Dann musste Karin doch wieder an Renate denken. Sehr oft hatten sie die gemeinsam gemacht: einen Esslöffel Schwarzbrotbrösel in ein Glasschälchen, dazu zwei Esslöffel geraspelte Schokolade, die mit Schattenmorellen bedeckt wurde. Die Krönung war die gespritzte Schlagsahne, die mit Schokoladenraspeln bestreut wurde. Durch die eine Kirsche bekam die Sahne noch das gewisse Etwas.

Nach dem Essen standen große Teller mit Kleingebäck und Glühwein auf dem Tisch.

Der Chef saß wie ein Angestellter mit ihnen im Saal. Er sagte, heute hätte jeder Gelegenheit, seine Beschwerden vorzubringen. Natürlich erntete er von allen Seiten ein Lächeln.

Lottelore hob ihr Glas mit dem Punsch, sah ihren Chef an und sagte: „Ich trinke auf die Amerikareise.“ Wäre ihr Chef damals nicht auf dem Schiff gewesen, wäre sie heute noch nicht verheiratet. Sie hatte als Stewardess auf dem Schiff gearbeitet. Ihr jetziger Mann war Pilot gewesen. Wenn sie Glück hatten, konnten sie sich immer mal in Amerika treffen. Ihr Chef hatte gesagt: „Das müssen wir ändern, ihr kommt beide in mein Werk.“ Ihr Mann hatte sein Glas auch gehoben und gesagt: „Auf meine Frau und meinen Chef.“

Karin, die neben Hanna saß, fragte, ob sie sich im Büro wohl eine Taxe bestellen könnte. Klaus hatte gesehen, dass Karin den Saal verlassen wollte, und war vor ihr aus dem Raum gegangen und wartete an der Tür auf sie. Er bot seine Begleitung an, sie bräuchte keine Taxe. Es sei ganz ausgeschlossen, dass er sie begleiten könne. Sie wohne bei ihren Verwandten und müsse über alles Rechenschaft ablegen.

Er sah sie mit einem bittenden Blick an und sagte, sie sollten doch wenigstens in dem Café mit erlesenem Publikum ein Glas Wein trinken. Karin meinte, nach dem Punsch sei sie schon beschwipst und sie würde auf keinen Fall noch Wein trinken. Klaus hatte beide Hände auf ihre Schultern gelegt. Er sagte: „Lass uns dahin gehen, die werden uns dort auch Kaffee servieren.“ Hand in Hand landeten sie in dem Lokal, das den Namen „Fuchsbau“ trug. An einer Seite waren Nischen, die hatten rote Tapeten. Auf den Tischen standen kleine Lampen mit roten Seidenschirmen. In dem Leuchter, der auf dem Tisch stand, brannte eine rote Kerze. Die Polsterbänke waren mit rotem Samt bezogen. Im Hintergrund spielte eine Kapelle, die auch Lieder spielte, die das Publikum wünschte. Auf der Tanzfläche wiegten sich die Paare im Walzertakt. Sie setzten sich in den Raum, die Nischen waren mit Pärchen besetzt.

Sie gingen auch auf die Tanzfläche und gaben sich ganz dem Rhythmus hin. Karin vergaß ihre Vorsätze. Als Klaus dann sagte, es sei nicht gut, dass sie bei ihrer Verwandtschaft wohnte, war sie mit ihm einer Meinung. Sie würde sich mal ein Zimmer mieten. Klaus sagte, nein, kein Zimmer. Sie würden eine Wohnung mieten. Mit seinem Gehalt könne er eine Familie gründen. Karin lachte und sagte, dann aber eine große Familie. Sie saßen sich am Tisch gegenüber, er nahm ihre Hände, sah sie mit warmem Blick an und sagte: „Karin, ist das ein ehrliches Versprechen?“ Dann fragte sie, ob man nach einer Weihnachtsfeier und im Tanzlokal Versprechen geben könne.

Weit nach Mitternacht hatten sie eine Taxe bestellt. Als die Taxe kam, lagen sie sich in den Armen. Klaus sagte: „Denke an die Wohnung und dein Versprechen.“ Der Taxifahrer machte die Tür auf und fragte, ob sie jetzt einsteigen wolle oder ob er wieder fortfahren solle.

Später in ihrem Zimmer gingen ihre Gedanken in verschiedene Richtungen auseinander. Karin saß mit aufgestützten Händen vor dem Spiegel und schaute auf ihren Mund und spürte noch die fordernden Küsse. Ihre Körper hatten sich sehr eng aneinander geschmiegt, als sei es nur eine Person.

Sie ärgerte sich, dass sie keinen Abstand gehalten hatte. Aber damit würde sie gleich anfangen. Gründe würde sie schon finden. Es könnte ein Zahnarzt sein, oder ihre Verwandtschaft hatte ein Baby, auch einen Hund, der gehütet werde musste.

In dieser Nacht hatte Karin ihm seinen Schlaf geraubt. Hellwach lag Klaus in seinem Bett und überlegte, warum er in diesem Haus nicht die große Wohnung gemietet hatte. Eigentümer war sein Chef. Der hatte in der Stadt acht Häuser, die alle den gleichen Baustil hatten. Sein Chef war ein harter Rechner, so brauchte er nur eine Bauzeichnung. Damit sie nicht nach einem Kasernengelände aussahen, hatte er die Häuser in verschiedenen Straßen gebaut. Unten waren zwei große Wohnungen und in der ersten Etage waren vier 1-Zimmer-Wohnungen. In der Mansarde war auch noch eine gemütliche Wohnung.

Seine kleine 1-Zimmer-Wohnung hatte ihm als Junggeselle gereicht. Für gelegentliche Damenbesuche war sie auch noch groß genug gewesen. Er hatte nie ans Heiraten gedacht. Anders war es bei Karin. Er wusste nicht, warum sie in seinen Gedanken kreiste. Vielleicht waren es ihre Augen oder ihr Lächeln, in dem immer ein kleines Versprechen lag.

Der kleine Dore wurde von Tag zu Tag niedlicher. Renate merkte nicht, dass er sie schon ganz in seinen Bann gezogen hatte. Denn wenn sie das Zimmer verließ, weinte er hinter ihr her. Schließlich hatte sie ihre Büroarbeit ins Kinderzimmer geholt. Wenn sie in ihrem Zimmer etwas bearbeitete, nahm sie Dore samt einigen Spielsachen mit. Man könnte meinen, der kleine Herr bewohnte schon zwei Zimmer. Das kleine schwarze Kaninchen, das sie Teufelchen nannten, saß dann auch in Renates Zimmer.

Wenn Dore meinte, er habe sich lange genug mit dem Baumaterial beschäftigt, das er auch noch teilweise auf dem ganzen Teppich ausgebreitet hatte, lehnte er sich an Renates Knie. Mit seinen hübschen, bittenden Augen und hochgestreckten Armen sah er Renate an. Er wusste, dass Renate ihn dann auf den Schoß nahm. Und das Teufelchen musste dann auch noch mit auf den Schoß. Und Theo, der ins Zimmer kam, hoffte, dass in diesem Dreierbund für ihn auch noch ein Platz wäre. Renate, die schon lange mit ihrem schlechten Gewissen lebte, wurde sehr verlegen. Sie schwor schon tausend Eide, dass sie Theo endlich die Wahrheit sagen wollte. Aber heute würde sie es tun.

Abends, als Renate und Theo vor dem Fernseher saßen, sagte Renate: „Ich werde den Fernseher ausschalten. Ich kann dir eine bessere Geschichte erzählen. Hole einen sehr guten Wein aus dem Keller, vielleicht ist es der letzte, den du mit mir trinken willst."

Während Theo den Wein aus dem Keller holte, hatte

Renate in der Zwischenzeit die Lampen ausgeschaltet und Kerzen angesteckt, die dem ganzen Zimmer eine Wärme, etwas Geborgenes und eine Vertrautheit verliehen.

Theo saß wie immer in seinem großen Ledersessel. Renate hatte sich zu ihm auf die Lehne gesetzt. Sie stießen mit ihren Weingläsern an. Renate sagte: „Bevor ich trinke, musst du mir schwören, am liebsten auf die Bibel, dass es nur unser Geheimnis bleibt. Und wenn wir jetzt auseinander gehen, darfst du diesen Schwur auch nicht brechen."

Theo sagte, so viel Schlimmes, dass er sich von ihr trennen würde, könnte es gar nicht geben.

Mit belegter Stimme sagte Renate, dass sie doch immer ehrlich zueinander sein wollten, und sie hätte ihn so oft belogen, und das wollte sie nicht mehr. Theo griff an ihren Arm und fragte: „Wer ist der Kerl?"

Nein, es ist kein Kerl, eher ein Kleinkind, denn nicht Ingrid und Egon seien die Eltern von Dore, sondern Karin und Horst. Jetzt standen die ungeheuerlichen Worte im Raum. Theo, den mal als langjährigen Geschäftsmann nicht aus der Ruhe bringen konnte, war sprachlos und fragte dann, von wem die Beweise wären. Renate erzählte und erzählte. Auch, dass Horst nichts von der Schwangerschaft wusste. Weil sie Karins enge Freundin war, hatte sie gesehen, dass sie sich mit Selbstmordfällen beschäftigte, wusste auch, wie man von einer Brücke springen musste. Dann hatte sie alles in die Hand genommen, das Kind im vierten Monat ungeboren adoptiert. Und Karin hätte sie zu Emma und Gustav gebracht, da sei Dore auch geboren. Und im Frühling würde sie Dore an die Hand nehmen und mit ihm zu seiner Tante Karin gehen, die ja noch bei Emma und Gustav war. Renate erzählte und erzählte, sie hatte nicht übertrieben, diese Sache übertraf jedes Fernsehprogramm.

Jeden Tag war Horst sehr pünktlich auf seinem Arbeitsplatz. An einigen Tagen war er sogar vor Theo im Büro. Zur Zeit führte er auch ein sehr ausgeglichenes Leben, denn Laura besaß immer noch eine gewisse Anziehungskraft. Es war wie ein glückliches Eheleben.

Wie ein Magnet wurde Horst von Laura in seine Wohnung gezogen. Das Mittagessen war so feudal, als seien sie auf einem Empfang. Für den Abend hatte Laura eine große Platte mit Delikatessen angerichtet, die durch die raffinierte Dekoration noch den gewissen I-Punkt bekam. Ein Glas Wein war der Abschluss.

In dieser Weinstimmung setzte Horst sich ans Klavier und spielte Arien aus verschiedenen Opern. Laura saß dann neben ihm und klimperte auf zwei Tasten eine Begleitung. Beide lachten, lagen sich in den Armen und küssten sich wie Teenager.

Mono, der von der Musik nicht viel hielt, hatte seine Nase auf den Teppich und auf seine ausgestreckten Vorderpfoten gedrückt und beobachtete so den Vorgang. Er wusste, dass sie gemeinsam noch ihren nächtlichen Weg machen würden.

Später, als sie aus dem Haus gingen, wirbelten ihnen Schneeflocken ins Gesicht, und unter ihren Füßen knirschte der Schnee. Laura überlegte, ob sie für Mono für diese nächtlichen Spaziergänge eine hübsche Rückendecke kaufen müsste. Sie blieben auch nicht vor den Schaufenstern stehen, die mit ihrem Festschmuck wie ein aufgeschlagenes Märchenbuch aussahen. Sie gingen mit Mono den kürzesten Weg zu den Anlagen. Wie Kristalle glitzerte der Reif an den kahlen Bäumen.

Den Heimweg traten sie in den leeren Straßen im Laufschritt an. Wie Kinder hielten sie sich an den Händen. Mono lief vor ihnen und erwartete sie vor der Haustür. In der Diele rieb Laura Mono mit dicken Handtüchern trocken, und Horst brühte einen Grog. Den hatte er wohl der Kälte angepasst, denn Laura meinte, der mache sehr müde. Kurz entschlossen trug Horst sie in ihr Zimmer, und er blieb auch gleich da.

Horst wäre glücklich gewesen, wenn er mit Irene kein Verhältnis angefangen hätte. Jeden Tag, wenn er nach Büroschluss nach Hause ging, räumte sie noch Akten in den Schrank und sah ihn mit fragenden und verlangenden Blicken an. Hin und wieder musste er nach Büroschluss Irene ein paar Stunden opfern. Dass es dann ein Opfer war, konnte Irene nicht ahnen. Von seiner Wirtschafterin hatte Horst gesprochen. Sie wusste, dass sie gut kochte, vom Land war und die 60 Jahre schon überschritten hatte.

Die Stunden mit Irene wurden Horst immer lästiger. Er wusste, dass Laura auf ihn wartete, ganz gleich wie spät es war. Sie bot ihre Fürsorge an. Mit kurzen Worten erklärte er dann, dass er mit einem Geschäftsfreund in einem Lokal war und sehr müde sei. Er brauchte nur noch sein Bett. Und er war jedes Mal froh, dass er wieder eine glaubhafte Ausrede gefunden hatte.

Horst saß an seinem Schreibtisch, er sah, wie der gleich bleibend fallende Schnee auf dem Gelände die Wege zuwehte. Er blätterte in seinem Notizbuch, wo er seine Besorgungen zu Weihnachten notiert hatte. Er würde heute noch einiges erledigen. Für seine Mutter würde er Pralinen und sehr teures Schreibpapier kaufen. Für Theo und Renate müsste ihm noch etwas einfallen. Für Dore hatte er einen großen Hampelmann, natürlich aus Holz, und eine Spieluhr gekauft. Für Laura lag schon ein Armbandkettchen aus Gold und ein Tuch mit Seidenmalerei bereit. Die

Farbzusammenstellung war so hübsch und einmalig, dass es in der Auslage viele Blicke anzog. Durch den plissierten Stoff bekam das Farbenspiel noch die gewisse Note. Es war sündhaft teuer gewesen.

Bei der Gelegenheit hatte er für Irene auch ein Tuch gekauft. Natürlich in einer anderen Preislage. Lübecker Marzipan hatte er für Irene schon in seinem Schreibtisch. Einiges würde er noch von Laura besorgen lassen.

Dem Winter konnte man auch gute Seiten abgewinnen. Theo und Renate waren auf ihrem Landsitz. In ihrem Vorgarten stand ein großer Schneemann, den hatte Egon gebaut. Er hatte ein richtiges Kunstwerk vollbracht. Ein schwarzer Zylinder saß keck auf seinem Kopf, und mit den schwarzen Augen aus Kohle sah er jedem Besucher herausfordernd entgegen. So als wäre er für dieses Grundstück der Wächter.

Jeden Nachmittag spannte Theo die Pferde Bosko und Arko vor den Jagdschlitten. Egon hatte ihnen schon die Sonntagsgeschirre mit dem Schellengeläut auf die Rücken gelegt. Dann saßen alle drei warm verpackt im Schlitten. Über ihren Mänteln trugen sie Pelerinen, die mit Schaffellen gefüttert waren. Und der große aufgeschlagene Kragen gab ihren Pelzmützen Schutz. Die Pelerine, die Dore über seinem Mäntelchen und den Gamaschenhosen trug, war aus tannengrünem Loden mit Kapuze und mit Kaninchenfell gefüttert. Er saß wohl behütet zwischen Theo und Renate.

Übermütig und spielerisch trabten die Pferde vor dem leichten Schlitten die Chaussee entlang. Vor ihnen fror ihr warmer Atem in der kalten Luft zu kleinen Wölkchen. In der Kälte schlugen die kleinen Glöckchen vom Schellengeläut hart und blechern an.

Immer wieder wirbelten Schneeflocken auf die Erde. An

den kahlen Chausseebäumen glitzerte der Raureif an den Stämmen, als hingen da Kristalle. Und die Kronen trugen dicke weiße Schneehauben. Auf einem kahlen Ast saßen zusammengedrängt vier Sperlinge mit aufgepluderten Federn. Ihren hungrigen Blick hatten sie auf die Chaussee gerichtet. Sie hofften, dass da mal ein paar Pferdeäpfel liegen würden, da könnten sie dann noch ein Körnchen finden. Vom blauen Himmel schaute die Sonne auf diese weiße Pracht. Sie musste aber bald hinter einer dicken Schneewolke kapitulieren.

Sie fuhren in den Wald, ob Sommer oder Winter. Der Wald hatte immer seine eigene Atmosphäre. Auf dem breiten Waldweg ließ Theo die Pferde im Schritt gehen. Vor ihnen zog sich der Himmel wie ein langes Band durch die Bäume. Neben einem Tannendickicht standen sechs Rehe und schauten ihnen frierend entgegen. Sie hatten alle Scheu verloren und achteten nicht mehr auf die harten Axtschläge im Dreiertakt und auf das gegenseitige Zurufen der Arbeiter, wenn ein Baum berstend zur Erde fiel. Auch nicht, wenn sich die Sägen mit ihren scharfen Zähnen kreischend in Dur und Moll durch die dicken Stämme fraßen.

Theo sagte: „Morgen fahren wir hier wieder hin und nehmen Heu und Hafer mit.“ Als sie an einer Futterstelle vorbeifuhren, sahen sie außer Rehen und Wildschweinen noch allerlei Vogelarten. Die größte Schau boten natürlich die Männchen von den Fasanen.

Auf einem Dorfteich hatten fleißige Hände gearbeitet und den Schnee zu einer Pyramide zusammengeschaufelt und gefegt. Auf der glatten Eisfläche waren kleine und große Schlittschuhläufer. Einige waren schon richtige Könner. Andere trauten sich noch nicht und machten mit einem Schlittschuh ihre Versuche. Ein kleines Mädchen vollbrachte auf dem Eis schon richtige Kunststücke. Zwischen den Schaulustigen hatte sie viele Bewunderer. Die Läufer trugen dicke Wollmützen, Schals und Fausthandschuhe, die aus Wolle gestrickt waren, in denen alle Farben vorhanden waren. So sah die ganze Eisfläche wie eine bunte Osterwiese aus.

Hier hatte Theo auch angehalten. Sie konnten sich kaum von dieser hübschen Schau trennen. Theo dachte aber an die Pferde, die hier nicht länger in der Kälte stehen sollten. Als sie dann weiterfuhren, setzten sie gleich zum Galopp an und liefen ihrem warmen Stall entgegen. Und das Schellengeläut klang hart und abgehackt.

Am nächsten Tag mussten sie die Schlittenfahrt verschieben. Horst machte einen kurzen Besuch. Als Renate ihn auf dem Hof aus dem Auto steigen sah, ging sie mit Dore ins Kinderzimmer. Bevor sie einen Moment ins Wohnzimmer ging, stellte sie Dore mit seinem Teddy in sein Gitterbett.

Als Renate ins Zimmer kam, fragte Horst: „Was macht der Kronprinz? Schläft der noch oder kann man ihn begrüßen?“ Er erzählte, dass er Weihnachten nach Berlin führe. Ernst müsse beide Feiertage auf der Bühne stehen, deshalb wollte Lotte ihn wenigstens dahaben. Dann überreichte er drei kleine Päckchen. Das größte Päckchen war für Dore. Für ihn hatte er einen großen Hampelmann und eine Spieluhr gekauft. Der Hampelmann sei natürlich aus Holz.

Renate fragte, ob er mit ihnen eine Tasse Kaffee trinken wollte. Nein, er müsse weiter, aber einen Blick würde er noch ins Kinderzimmer werfen. Renate ging vor ihm ins Zimmer, nahm Dore aus dem Bett und behielt ihn gleich auf dem Arm. Horst tippte mit dem Zeigefinger auf Dores Brust und sagte: „Na, du, kannst du schon Horst sagen?“

Dore sah ihn mit seinen hübschen Augen an und steckte aus Verlegenheit seinen Daumen in den Mund.

Karin hatte zu Weihnachten keine Verpflichtungen. Sie hatte für sich königsblaue Wolle und auch königsblauen Seidentaft gekauft. Sie saß in ihrem gemütlichen Nest und blätterte in einem Modeheft. Ihr Blick ruhte auf einem gehäkelten Kleid. Es war eine sehr hübsche Gabelarbeit. Der Rock wurde mit einer großen Gabel angefangen. Nach oben wurde mit einer kleinen Gabel gearbeitet. So auch das Oberteil. Die Beschreibung hatte sie schon dreimal gelesen und auch den Schnitt für das Unterkleid angesehen. In zehn Tagen würde es schon fertig in ihrem Schrank hängen, denn vom 23.12. bis zum 2.1 wurde in ihrem Betrieb nicht gearbeitet. Da waren nur Fachleute, die in den Maschinenräumen die Jahreswartung machten.

Das aufgeschlagene Modeheft hielt Karin in den Händen, aber ihr Blick ruhte in der Vergangenheit. In dem Heft hatte sie auch den kleinen gehäkelten Wichtel gesehen. Einen solchen hatte sie mal Renate als Talisman für ihr Auto geschenkt. Sie hätte gerne gewusst, ob der da mit seiner langen Zipfelmütze und hängender Quaste noch baumelte oder ob er jetzt an Dores Bett hing.

Mit einem erzwungenem Lächeln und verschleiertem Blick schaute sie in den verschneiten Vorgarten. In dem großen Vogelhäuschen, an dem auch noch Knödel hingen, war ein Kommen und Gehen. An einem Knödel hingen zwei Blaumeisen. Sie dachte, die müssen jeden Tag ums Überleben kämpfen und sich gegen Hunger, Kälte und Katzen wehren. Die sieben großen Glaskugeln, die im Sommer die Sonnenstrahlen auffingen und im ganzen Garten verteilt waren, waren jetzt schneebedeckte Eiskugeln und hatten gar nichts Freundliches.

Mit einem kleinen Lächeln auf den Lippen öffnete Karin eine Flasche Malzbier, füllte ein Glas, stieß mit der Flasche an und trank auf das Luxuskleid, das sie sich eigentlich gar nicht leisten konnte. Sie trank auch noch auf ihre drei Mütter, ihre drei Väter, vielleicht auch auf eine Menge Geschwister. Schließlich trank sie noch auf das Kleinkind Dore. Na bitte, wer konnte wohl solchen Reichtum aufweisen.

Vor ihr auf dem Tisch stand ihr feudales in Leder gebundenes Tagebuch. Das hatte Renate ihr geschenkt. Auf der ersten Seite war die gepresste Kleeblume, die Rudolf ihr mitten im Beetenfeld überreicht hatte. Mit ihm hatte sie nette Stunden verlebt, vor allen Dingen im Gesangsverein. Sie dachte auch an Emma und Gustav, die hatten sie in ihrem Hause mit sehr viel Liebe aufgenommen, und sie hatte ihr Versprechen mit der neuen Anschrift nicht gehalten. Aber bei ihrem Neuanfang durfte es keine Vergangenheit geben.

Nachdem Horst fort war, saßen Renate und Theo am Kaffeetisch. Dore war mit seinen kleinen Babyschritten zu Theo gegangen, hatte beide Ärmchen in die Höhe gestreckt. Er wusste, dass er dann auf den Schoß genommen wurde. Und Renate bekam einen siegessicheren Blick.

Renate hatte ihren Blick auf Theo gerichtet. Sie sagte: „Mein Weihnachtswunsch ist, dass wir mit Dore zu Karin fahren." Sie sah dann Dore an und sagte: „Wir sprechen noch mal gemeinsam – sage: ‚Tante Karin'." Mit seinen unbeschreiblich hübschen Augen und warmem Blick sah er Renate an, und nach langem Überlegen sagte er: „Harin."

Am nächsten Tag fuhren sie zu Emma und Gustav. Theo sagte: „Damit die Pferde nicht herumstehen, kann Karin zu uns in den Schlitten steigen."

Renate ging mit Dore schon über den Hof zur Haustür.

Theo legte den Pferden noch Decken auf den Rücken. In der Haustür kam Emma ihnen schon entgegen. Sie wusste gar nicht, was sie vor Freude sagen sollte. Gustav sagte: „Na, so etwas“ und „Karin ist nicht da“. Als Dore den Namen Karin hörte, sagte er „Harin“ und sah Renate an.

Jetzt mussten die Pferde doch noch etwas länger draußen mit ihren Decken stehen, denn Emma und Gustav erzählten und erzählten. Auch dass Rudolf Karin heiraten wollte, sie auch schon bei seinen Eltern gewesen war. Anschließend hatte sie es mit dem Fortgehen sehr eilig gehabt. In einer Molkerei würde sie im Büro arbeiten. Die genaue Adresse wollte sie noch schreiben. Aber in einer Molkerei arbeitete sie nicht. Gustav hatte sich bei der Innung nach Molkereien erkundigt. Rudolf hatte sich auch sehr bemüht. Er meinte, in ganz Deutschland würde sie in keiner Molkerei arbeiten.

Renate war sehr still geworden. Dann sagte sie: „Wir müssen etwas tun. In Deutschland kann kein lebender Mensch verschwinden.“ Sie würde einen Detektiv einschalten.

Auf dem Heimweg sprach Renate kein Wort. In ihren Ohren hämmerten die Worte: Sie hat sich das Leben genommen, und sie als Freundin war zum Anlehnen nicht da gewesen.

Die Vor- und Weihnachtstage war Karin allein im Haus. Mielkes waren zu ihren Eltern gefahren. Karin war es sehr recht, so brauchte sie wegen ihres Hierseins keine Ausreden zu erfinden.

Sie würde die Weihnachtstage wie ganz gewöhnliche Wochentage verleben. Am Heiligen Abend könnte sie auch zur Kirche gehen. Aber abends wollte sie nicht in das leere Haus gehen. Eine Extraausgabe hatte sie sich doch noch geleistet: In einem Buchladen hatte sie einen Bauernroman von Knut Hamsun gekauft.

Am Heiligen Abend legten die Glocken vom nahen Kirchturm ihren lauten, vertrauten und durchdringenden Klang in die schummerige und eisige Luft. Ohne Licht saß Karin in ihrem Zimmer und hatte die Arme auf die Fensterbank gestützt. Sie sah in den nachtblauen Abendhimmel. Von Zeit zu Zeit kam die Mondsichel hinter einer dicken Schneewolke hervor. Er war so blass und ohne Ausdruck, als würde er auch frieren. Die Sterne, die wie Eisstückchen am Himmel hingen, gaben auch nur ein kurzes Gastspiel.

Vor Karins Augen schob sich die kleine Dorfkirche. Trotz des schlichten Altars und der Kanzel hatten die beiden großen Tannen mit den weißen Wachskerzen sehr viel Festliches verliehen. Und der Dorfschullehrer hatte auf der Orgel die altvertrauten Weihnachtslieder gespielt, die Jung und Alt ohne Gesangsbuch mitsingen konnten.

Den Gesangsverein, in dem sie auch Mitglied gewesen war, vermisste sie sehr. Bei gewissen Anlässen hatten sie auch mehrstimmig in der Kirche gesungen. Sie hatten sich auf der Empore neben der Orgel aufgestellt. Die Akustik im Kirchenschiff hatte den Stimmen etwas Gewaltiges und Eigenartiges gegeben. Sie dachte an Rudolf, der da auch Mitglied geworden war und sich schon immer auf die nächste Zusammenkunft gefreut hatte.

Hier in diesem Haus könnte sie doch auch die altvertrauten Weihnachtslieder aus voller Kehle singen. Sie war doch ganz allein. Sie machte auch einen Versuch, aber ihre Stimme war belegt. Sie würde morgen, am ersten Weihnachtstag, in die Kirche gehen.

Bevor Karin am ersten Weihnachtstag aus dem Haus ging, warf sie noch einen Blick in den Spiegel. Ihr Aussehen gab ihr etwas von ihrem Selbstvertrauen zurück. Mit schnellen Schritten näherte sie sich der Kirche. Die Glocken, die die Gläubigen zum Gebet riefen, hatten einen feierlichen, hallenden Klang.

Unter Glockengeläut betrat Karin die Kirche, merkte dann, dass es eine katholische Kirche war. Sie setzte sich in die letzte Bank. Fortgehen konnte sie nicht mehr, die Türen waren schon geschlossen. Dann konnte sie nur schauen und schauen. Sie sah Jesus in Lebensgröße am Kreuz. Hier hatte ein Holzschnitzer sich selbst übertroffen. In den Gesichtszügen lag so unendlich viel Leidendes und Sprechendes, so als müsste man bei dem Anblick gleich die Hände falten.

Auf den ausgeprägten und verschiedenen Gesichtern der Jünger lag sehr viel Traurigkeit. Die kleinen pausbäckigen Engel mit ihrem lieblichen Lächeln lockerten die Traurigkeit etwas auf. Karin dachte, wie können Menschen diese Herrlichkeit gestalten. Hier hatte der Schnitzer seine eigene Seele hineingeschnitzt. Für diese Werke hätten zehn Stunden Besichtigung noch nicht ausgereicht.

Dann wollte Karin sich ganz der Predigt hingeben. Ihre Blicke blieben aber an dem aufwendigen Gewand des Priesters mit seinem Gefolge hängen, und sie überlegte, wer diese Gewänder wohl arbeitete. Als der gemischte Chor dreistimmig neben der Orgel ein Weihnachtslied sang, musste sie wieder an die kleine Dorfkirche und Rudolf denken.

Später saß Karin untätig in ihrem Zimmer. Dieses Erlebte schob sich immer noch vor ihre Augen. Das „Vaterunser“ hatte sie laut mitgebetet. Sie merkte nicht, dass sie hier auch mit gefalteten Händen saß. Sie dachte über ihr verkorkstes Leben nach. Und auch an Klaus, der sogar eine

Wohnung suchen will und den sie so mit ihrer Verwandtschaft belogen hat. Auch dass sie sich ein möbliertes Zimmer suchen will. So hat sie es alles nicht gewollt. Diese Gemeinheit hat er auch nicht verdient. Aber die Wahrheit kann sie ihm doch auch nicht mehr sagen.

Genauso, wie Karin über diesen Verlauf sehr unglücklich war, wurde auch Renate von trüben Gedanken verfolgt. Sie machte sich Vorwürfe, dass sie sich nicht um Karin gekümmert hatte. Sie hatte Theo doch auch schon lange genug belogen.

Gleich nach den Weihnachtstagen fuhr Renate allein zu Emma und Gustav. Sie wollte Rudolf kennen lernen. Wenn nötig, ihm auch alles erzählen.

Auf der verschneiten Chaussee hatte der Wind oft den Schnee zu kleinen Wehen zusammengetrieben. Jetzt bedauerte sie doch, dass sie unbedingt ohne Theo fahren wollte. Immer wenn ihr ein Pferdeschlitten entgegenkam, musste sie von dem festgefahrenen Schnee zur Seite ausweichen. Das war ein Problem, und sie war froh, als sie ankam.

Emma und Gustav freuten sich über den Gast. Vor allen Dingen, dass Renate ihre Sorgen mit ihnen teilte. Vielleicht würden sie in Rudolf noch einen Verbündeten bekommen. Gustav ging hin und holte ihn.

Als Renate und Rudolf sich gegenüberstanden, dachte sie, so sieht also der Mann aus, der Karin heiraten wollte. Renate würde alle Hebel in Bewegung setzen und Karin suchen lassen. Rudolf sagte: „Warum hatte sie kein Vertrauen zu mir?“ Mit großer Bestimmtheit sagte er: „Wir werden sie finden.“ Sehr kleinlaut fügte Renate hinzu: „Wenn sie noch lebt.“ Dann waren alle sehr schweigsam und hingen ihren eigenen Gedanken nach.

Renate musste an ihren Heimweg denken. Sie würde

Egon bitten mitzukommen. Theo könnte ihn wieder zurückfahren. Später, als sie neben Egon im Auto saß, sprach sie von Rudolf, den Egon auch kannte. Renate hatte ihn heute mit vielen guten Eigenschaften kennen gelernt und wunderte sich, dass Karin ihm kein Vertrauen geschenkt hatte.

Bei Renate war keine richtige Weihnachtsstimmung aufgekommen. Die Sorge um Karin war ihr steter Begleiter. Jetzt war schon Februar, und sie wartete täglich auf den Bericht von dem Detektiv, den sie beauftragt hatte. Er hatte die Meldeämter durchgeforstet, bis jetzt immer noch ohne Ergebnis.

Das neue Jahr hatte für Horst auch nicht gut angefangen. Der Vater von Laura hatte es fertig gebracht, dass Laura wieder ihren kleinen Laden übernehmen konnte. Die Nachricht hatte Laura mit gemischten Gefühlen entgegengenommen. Sie wäre gerne bei Horst geblieben. Inzwischen waren sie schon ein Ehepaar ohne Trauschein, den aber beide nicht vermissten. Laura hatte Mono in ihre Arme geschlossen und ihr Gesicht an sein warmes Fell gelegt.

Für Horst war es unbegreiflich, dass Laura fortwollte. Und dann auch Mono. Er meinte, sie könnte den Laden doch auch vermieten, dann alle vier Wochen einen Tag zur Abrechnung und Kontrolle hinfahren. Nein, dies könnte und würde sie ihrem Vater nicht antun.

Als Horst den ersten Abend allein in der Wohnung saß, öffnete er eine Flasche Wein. Er füllte ein Glas, aber auf was sollte er trinken? Viele Erinnerungen hingen auch noch an dem Wein. Er goss das Glas in den Ausguss und nahm die Whiskyflasche. Er würde sich betrinken. Er könnte auch eine Anzeige aufgeben und eine Wirtschafterin suchen. Nein, er müsste schon „Hausdame“ schreiben. Dabei dachte er wieder an Lauras Hamburger Ehemann.

Wie gut, dass er Irene in seinem Büro hatte. Für Laura war sie bei weitem kein Ersatz, aber doch erst mal ein Ersatz. Irene freute sich, dass Horst nicht so oft mit Geschäftsfreunden fortmusste. Jetzt merkte Horst immer deutlicher, wie langweilig Irene war. Aber im Moment war kein anderes weibliches Wesen in Sicht.

Jetzt blieb Horst wieder länger im Büro. Irene freute sich, dass Horst nicht mehr so viele Termine hatte oder mit Geschäftsfreunden fortmusste. Er würde ihre naive Art übersehen und nur auf ihre makellose Figur und ihr Aussehen achten.

Laura hatte sich Elisabeth, die früher bei ihr ausgeholfen hatte, ganz in den Laden geholt. Mit ihren 16 Jahren war sie ein patentes und hübsches Mädchen. Alle nannten sie Li. Die Kunden mochten sie auch gerne.

Mit einem großen Aktenberg hatte Laura sich in den Nebenraum gesetzt. Mono lag auf ihren Füßen. Sie hatte die Arme aufgestützt, sah aus dem Fenster und dachte an Horst. Mono vermisste ihn auch. Sein treuer, ergebener und trauriger Blick war auf sie gerichtet.

Wie ein Räderwerk ließ Laura ihre Gedanken zurücklaufen. Sie überlegte, wie es mit Horst angefangen hatte. Denn in ihrem Leben war das Kapitel Mann doch abgeschlossen gewesen.

So wie jede Woche hatte sie ihr Kassenbuch vorgelegt. Ganz plötzlich hatten auf der Endsumme ihre Zeigefinger nebeneinander gelegen. Mit einem kleinen Lächeln hatten sie ihre Hände zurückgenommen. Und Horst hatte sie in ihr Zimmer getragen. Sie hatte gespürt, dass ihr Blut schneller in ihren Adern pulsierte. Damit Horst nicht das Zittern in ihren Händen sah, hatte sie ihre Hände auf seine Schultern gelegt. Unter seinen Küssen hatte sie willenlos in seinen Armen gelegen und sie waren zu einer Einheit verschmolzen. Für sie hatte die ganze Welt einen rosaroten Schleier bekommen. Sie hatte nicht geahnt, dass es so viel Glück geben könnte.

Nachdem der Betrieb wieder auf vollen Touren lief, saßen Karin und Klaus nach Feierabend mal wieder ein Stündchen in ihrem kleinen Stammlokal. Sie sprachen von den Weihnachts- und Urlaubstagen. Klaus war bei seinen Eltern gewesen. Da auch einige von seinen Mitschülern die Weihnachtstage bei ihren Familien verlebt hatten, war es ein richtiges Klassentreffen gewesen. Natürlich nur die, die noch nicht verheiratet waren.

Er griff über den Tisch und nahm Karins Hände. Mit einem unbeschreiblich warmen Blick sah er Karin an und sagte: „Vielleicht sind wir im nächsten Jahr auch schon verheiratet." Karin merkte, wie ihr die Röte ins Gesicht stieg.

Karin erzählte von ihrem gehäkelten Kleid, das genau wie im Modeheft recht hübsch geworden war. Sie wäre gerne zur Kirche gegangen, wusste aber nicht, wo eine evangelische Kirche war. Sie würde sich hüten und erzählen, dass sie in einer Kirche gewesen war. Klaus meinte, er sei auch lange nicht in einer Kirche gewesen. Da könnten sie Sonntag gemeinsam hingehen. Der Plan war gut, aber dazu wollte Karin kein Versprechen geben. An den freien Tagen brauchte sie morgens immer einen langen Anlauf.

Sie unterhielten sich noch über den Betrieb. Für Gesprächsstoff sorgten die Kollegen mit ihren Liebesgeschichten, Autos oder Lieblingshunden und Katzen.

Wie immer begleitete Klaus Karin zur Haltestelle und ärgerte sich über ihre Verwandtschaft, die ihr keinen Freiraum ließ.

Später in ihrem Zimmer dachte Karin an Klaus. Ihre Augen hatten sich mit Tränen gefüllt. Sie konnte ihm doch nicht die Wahrheit sagen. Es sollte doch ihr Geheimnis bleiben. Nach langem Überlegen kam sie zu dem Entschluss, dass sie sich dringend um eine neue Stelle bemühen musste. Aber Sonntag würde sie zur Kirche gehen.

Am Sonntag schaute Karin sehr verschlafen aus dem Fenster. Ihr Blick ruhte auf der eisigen weißen Welt. Im Vogelhaus waren zwei Blaumeisen, und am blauen Himmel stand zwischen Wolkenfetzen die Sonne, als müsste sie zum Kirchgang auffordern.

Dann ging sie sehr warm angezogen aus dem Haus. Ihre alten pelzgefütterten Stiefel hatte sie mit Niveacreme eingerieben und so lange gebürstet, dass sie wieder Glanz bekamen. Ihre Hände steckten in gestrickten Fausthandschuhen und den Schal aus der gleichen weißen Wolle hatte sie halb vor ihr Gesicht gezogen. Der hochgeschlagene Mantelkragen schützte auch noch die Ohren, die fast von der gehäkelten Mütze bedeckt wurden.

Als sie sich der Kirche näherte, läuteten die Glocken, und sie sah einige Fußgänger, die auch auf dem Weg zur Kirche waren. Dann blieb sie ruckartig stehen. Jemand hatte von hinten seinen Arm unter ihren Arm geschoben. Es war Klaus. Er hatte hier auf sie gewartet. Untergeärmelt schritten sie zur Kirche. Sprechen ließ die Kälte kaum zu. Aber ihnen genügte dieses Nahesein.

Unter Glockengeläut schritten sie in die Kirche. Nach den Glocken setzte die Orgel ein. Sie setzten sich in die letzte Bank. Karin gab sich dem Altvertrauten und der Ruhe hin. Den Choral, der dann gesungen wurde, konnte sie noch ohne Gesangbuch mitsingen. Der Pastor hatte eine angenehme und warme Stimme, so als spräche er jeden persönlich an. Nach langer Zeit betete Karin mit allen Gläubigen das „Vaterunser“.

Nach dem Gottesdienst gingen sie untergeärmelt zu ihrem kleinen Stammlokal. Sie ließen sich ein Mittagessen servieren. Sie wählten Schweinebraten mit Rotkohl und Apfelmus. Hinterher gab es Karamelpudding mit Vanillesoße. Sie waren leichtsinnig und tranken auch ein Glas Wein.

Klaus fragte Karin nach ihrem Programm. Sie könnten doch ins Kino oder auch zu ihm gehen. Er hätte ein sehr gemütliches Zimmer. Mit einem schuldbewussten Blick sagte Karin, das könnten sie nicht. Zu Hause würde sie vermisst werden. Sie wollte doch nur zur Kirche gehen. Klaus sagte, er würde sie begleiten und sagen, dass sie sich noch einen Film ansehen wollten. Karin war entsetzt und suchte nach glaubhaften Ausreden. Sie sagte, er kenne ihren Anhang nicht, die würden ihn derart mit Fragen überschütten, dass er sein Mitkommen bereuen würde.

Dann begleitete er Karin wieder, so wie immer, zu der gewohnten Haltestelle.

Klaus wusste jetzt, dass er die Wohnungssuche vorantreiben musste. Sein Chef besaß in der Stadt Häuser. Zurzeit waren zwei im Neubau. Er würde sich gleich morgen erkundigen, wann die bezugsfertig würden und ob die Wohnungen schon alle vergeben seien.

Karin saß in ihrem Zimmer und hatte ganz andere Gedanken. Sie bedauerte es, dass sie immer neue Lügen erfinden musste. Sie sah, dass der Tag in den Abend glitt und eine geisterhafte Stille ausbreitete.

Sie wusste nicht mehr, was sie machen sollte. Er schenkte ihr seine ganze Verehrung. Er würde es auch nicht verkraften, wenn sie ihm die Wahrheit sagte. Womöglich würde er es in seiner ersten Enttäuschung ganz laut am Mittagstisch zum Nachtisch verkünden.

Vielleicht in diesem Stil: Heute würde er mal etwas zum Nachtisch beitragen. Karin ist Mutter – eigentlich nicht, sie hat das Kind verkauft. Damit sie einen hohen Preis bekam, trieb sie es mit dem Sohn vom Chef.

Immer wieder versuchte Karin, an den Gottesdienst und die Predigt zu denken. Aber Klaus schob sich immer wieder in ihre Gedanken. Sie wusste nur, dass sie sich um einen anderen Arbeitsplatz bemühen musste. Sie wäre gerne in diesem Betrieb geblieben. Die Kenntnisse, die sie hier gesammelt hatte, würden zu ihrem Vorteil sein. Sie würde aber ihrem sehr, sehr gemütlichen Nest lange nachtrauern. So als müsste sie schon jetzt ihre trauliche Koje verlassen, betrachtete sie alle Gegenstände mit leichter Wehmut.

Die Gedanken von Renate beschäftigen sich jeden Tag mit Karin. Weil der Detektiv immer noch nichts Näheres berichten konnte, war es schon fast eine Gewissheit, dass Karin tot war. Aber warum?

Die Sonne, die sich wieder der Erde näherte, hatte mit ihren Strahlen den Schnee stellenweise zu kleinen Wasserlachen schmelzen lassen. So schnell gab der Winter den Kampf nicht auf. Von Zeit zu Zeit waren die Pfützen noch mit einer dünnen Eisschicht überzogen. Aber die kleinen zarten Schneeglöckchen steckten ihre weißen Köpfe aus der gefrorenen Erde. Sie waren die ersten Frühlingsboten und bekamen sehr viel Aufmerksamkeit.

Renate ging in den Vorgarten und wollte ein paar Schneeglöckchen für ihren Schreibtisch holen. Dann sah sie den Postboten. Sie blieb stehen und nahm die Post entgegen. Als sie diese auf ihrem Schreibtisch durchsah, war da von dem Detektiv ein Brief. Er hatte Karin gefunden. Sie arbeitete in einem sehr großen Werk im Büro. Bevor sie zu Theo ging und ihm um den Hals fiel, hatte sie den Brief schon dreimal gelesen. Wie gut, dass Dore seinen Mittagsschlaf hielt, sonst hätte der von der großen Freude auch noch eine Menge abbekommen.

Mit dieser freudigen Nachricht fuhr Renate zu Emma und Gustav und hatte die Hoffnung, dass Rudolf Karin zurückholen würde.

Abends, wenn Horst in seine Wohnung kam, vermisste er Laura immer mehr. Auch Mono, der ihn schon immer an der Tür schwanzwedelnd begrüßt hatte. Er war immer seltener in seiner Wohnung. Im Clubhaus oder in den Hotelbars war er ein ständiger Gast. Weil er geschäftlich einige Gutsherren kannte, wurde er öfter mal zu den Hausbällen eingeladen. Da fehlten hin und wieder Tänzer, und einzelne Herren waren immer ein guter Ersatz. Seine Lückenfüller waren nach Feierabend die Bürostunden mit Irene.

Zum Ärger von Theo war Horst morgens nie pünktlich in seinem Büro. Als er an einem Tage zwei Stunden später kam, dachte Theo, dies übersteigt alle Grenzen, und ging zu ihm. Die durchzechte Nacht konnte Horst nicht verbergen. Theo sagte: „Wenn du so weitermachst, werde ich dir die Firma nicht anvertrauen. Mein Nachfolger kann dein Sohn werden.“ Mit einem verschwommenen Blick sah Horst seinen Vater an und sagte in einem harten Ton: „Auf meinen Sohn brauchst du nicht zu warten.“ Horst konnte ja nicht ahnen, dass sein Sohn schon bei Theo im Büro war.

Regungslos sah Horst auf die Tür, durch die Theo wieder gegangen war. Untätig und unrasiert, auch ohne Kaffee, saß er am Schreibtisch und versuchte, Ordnung und Sinn in die Geschehnisse der letzten Nacht zu bringen.

Von Dore machte Renate viele Aufnahmen und hielt so

seine Entwicklung fest. Mit seinen Worten war er auch nicht mehr sparsam. Er plapperte den ganzen Tag, sagte „Mama“, „Papa“, auch „Ante Harin“. Wenn die Sonne am blauen Himmel stand, der sich über die Welt wölbte, ging Renate mit Dore warm verpackt in den Anlagen spazieren. Da lief er dann mit seinen staksigen Babyschritten hinterher.

Wenn Theo aus dem Büro kam und die Dielentür aufschloss, lief er ihm schon entgegen. Dann ließ er sich ins Zimmer tragen. Und Theo musste ihn auch gleich auf den Schoß nehmen. Der blies dann kleine und große Seifenblasen in die Luft. Wenn er eine berührte und die dann platzte, sah er Theo mit ungläubigen Augen an und sagte ein langes „Oooh“. Theo musste auch aus Knetgummi das Kaninchen formen oder es aufs Papier malen. Und Theo meinte: „Wenn wir beide noch lange hier sitzen, bringen wir die ganze Firma in den Ruin.“ Dore brauchte gar nichts zu tun, wegen seines Liebreizes und seiner bescheidenen Art wurden ihm alle Wünsche erfüllt.

In der Gastwirtschaft trafen sich die Kegelbrüder zur gemütlichen Runde. Gustav hoffte sehr, dass Rudolf auch kommen würde. In seiner Tasche hatte er einen Zettel mit Karins Adresse. Er war froh, dass Rudolf da war. Später, als er nach Hause ging, war Gustav auch aufgestanden und sagte: „Wir haben ja den gleichen Weg“, und schloss sich ihm an.

Dann zog er den Zettel aus der Tasche und sagte: „Ich habe etwas für dich.“ Setzte gleich hinzu: „Wenn du das mit Karin ehrlich meinst, dann fahre hin und hole sie. Sie kann wieder bei uns wohnen. Eure Hochzeit werde ich so großartig gestalten, dass das Dorf noch nach Jahren davon spricht.“

Rudolf sagte: „Vor Freude könnte ich dir um den Hals

fallen.“ Gustav meinte, die Freude sei bei Karin besser angebracht.

Rudolf teilte seinen Eltern mit, dass er zu Karin fahren wolle. Er würde sie auf den Hof holen. Mehr brauchten seine Eltern nicht zu wissen. Die andere Sache sollte zwischen ihm und Karin bleiben.

Mit einem unguten Gefühl saß Rudolf im Zug. Er konnte ja gar nicht wissen, ob Karin ihn überhaupt sprechen wollte. Er sah traumverloren aus dem Fenster und sah die Landschaft vorübergleiten. Auf einem Roggenfeld grasten drei Rehe die junge Saat. Sie unterbrachen ihre Tätigkeit und sahen dem Zug entgegen, so als würden sie ihn als Störenfried betrachten.

Immer wenn sich der Zug in einen Bahnhof schob, war es das gleiche Bild: Menschen verließen den Zug, andere stiegen ein. Einige lagen sich in den Armen, winkten dem Zug mit Hüten, Mützen und Taschentüchern hinterher. Seine Stimmung wurde immer bedrückter. Er wusste ja nicht, was ihn erwarten würde.

Als er den Zug verließ, gehörte er auch zu den eilenden und hastenden Leuten. Er suchte eine Taxe und ließ sich zu dem Werk fahren. Rudolf ging zu dem Pförtnerhäuschen. Er fragte nach Karin und ob man sie sprechen könne. Der Pförtner fixierte ihn mit einem kalten Blick, murmelte dann vor sich hin, dass der Chef in der Dienstzeit solche Unterbrechungen nicht wünsche. Er könne hier bis zur Mittagsstunde warten. Ein Stuhl und eine alte Zeitschrift wurden ihm von dem Pförtner angeboten. Rudolf, der nie eine Illustrierte in der Hand gehabt hatte, wunderte sich, was die Leute für langweilige Sachen schreiben. Wen würde es interessieren, dass die eine Schauspielerin wieder eine andere Frisur hatte, und dass ein Hauch von Rot die große

Mode war. Als er noch weiter blätterte, wäre er am liebsten wieder gegangen. Vielleicht war es gar nicht mehr die Karin, die er kannte.

Als Karin dann kam, war nichts Fremdes zwischen ihnen. Sie lagen sich in den Armen und achteten nicht auf den Pförtner. Rudolf bedankte sich für die freundlichen Stunden, die ihm gewährt wurden, dann gingen beide in ein Restaurant und bestellten ein Mittagessen. Mit festem Griff nahm Rudolf Karins Hände und bohrte seinen Blick in ihre Augen. Mit trauriger und belegter Stimme fragte er: „Warum hattest du kein Vertrauen zu mir und bist einfach fortgegangen?" Sie bräuchte nichts mehr zu sagen, er wüsste alles. Aber sie solle nach Hause kommen. „Bis wir heiraten, bleibst du bei Emma und Gustav. Die freuen sich schon und meinten, ich soll dich gleich mitbringen." Nach dem Essen tranken sie noch ein Glas Wein.

Untergeärmelt verließen sie das Lokal und gingen zu Karins gemütlicher Behausung. Dort blieb Rudolf in der Tür stehen und zollte dem Architekten große Achtung, der diese Idylle geschaffen hatte. Karin, die diesen Nachmittag freibekommen hatte, goss Kaffee auf. Sie sagte: „Wenn ich dir alles erzählt habe, willst du mich gar nicht mehr." Nein, sie brauchte ihm gar nichts zu erzählen, er wüsste alles von Renate. Sie sollte gleich ihren Arbeitsplatz kündigen. Lieber gar nicht kündigen und gleich gehen, dies wäre doch ein dringender Fall.

Sie hatten ihre Sessel zusammengeschoben und sahen, dass sich vor dem Fenster der Frühling schon überall bemerkbar machte. Karin hatte ihren Kopf an Rudolfs Schulter gelegt. Mit Tränen in den Augen sagte sie: „Ich wollte das Bild, dass du dir von mir gemacht hattest, nicht zerstören." Er zog sie auf seinen Schoß, und schweigend gaben sie sich der Zweisamkeit hin. Sie wünschten, dass die große Weltzeituhr ihre Zeiger nicht mehr drehen würde.

Rudolf fuhr mitten in der Nacht zurück. Er wusste, wenn er wieder auf diesem Bahnhof stand, würde er mit Karin zurückfahren. Am dunklen Nachthimmel standen viele Sterne. Immer wieder kamen neue, und andere gingen. Er dachte, jetzt müsste eine Sternschnuppe vom Himmel fallen, ich würde ihr meine Wünsche mitgeben. Eine Sternschnuppe wäre für die vielen Wünsche gar nicht ausreichend. Er sah dem Zug entgegen, der sich dem Bahnhof näherte. In der Ferne sah es aus, als näherten sich zwei Glühwürmchen.

Um diese Zeit waren nicht viele Reisende unterwegs. In seinem Abteil saßen noch zwei Mitreisende. Er schloss die Augen und ließ sich in kein Gespräch ziehen. Mit seinen Gedanken blieb er noch bei Karin. Nach dem Essen waren sie in einen Blumenladen gegangen. Da hatte er sieben gelbe Teerosen gekauft. In ihrem Zimmer hatte er ihr ein goldenes Armband gegeben. Karin hatte ihr Tagebuch geholt und ihm die erste Seite gezeigt, wo ganz allein die gepresste Kleeblüte klebte.

Morgen würde er zu Emma und Gustav gehen. Am liebsten wäre er gleich hingegangen und hätte seine Freude mit ihnen geteilt.

Nachdem Theo gegangen war, saß Horst tatenlos und traumverloren an seinem Schreibtisch. Er vermisste seine Häuslichkeit von Tag zu Tag. Laura musste er zurückholen. Am Wochenende würde er zu ihr fahren.

Horst war immer noch in Gedanken versunken, als Theo schon wieder in seinem Büro stand. Mit kurzen Worten teilte er ihm mit, dass ein Fahrer nicht gekommen war. Seine Frau bekomme ein Kind und er sei in der Klinik. Der Laster, der mit Sägemehl beladen war, müsse zu einer Räucherei. „Da musst du hinfahren." Bevor er antworten konnte, war Theo schon wieder fort.

Wenig später saß Horst in dem Lastwagen. Von dem Motor legte sich die Monotonie schwer auf seine Augen. Er merkte, dass er ein schlechter Fahrer war. Vor einer roten Ampel konnte er noch in der allerletzten Sekunde anhalten. Als sich vor ihm auf der Chaussee ein Stau gebildet hatte, wäre er fast auf den letzten Wagen gefahren. Vor Schreck raffte er seine Sinne zusammen und summte einen Gassenhauer. Kurz vor der Räucherei kamen ihm schon die drei Lastwagen entgegen. Die Fahrer grüßten ihn mit einer Handbewegung.

Vor der Räucherei wurde er nicht sehr freundlich empfangen. Die drei Fahrer hatten beim Säckeabladen geholfen. Horst stieg auch auf die Ladefläche. Anschließend ging er ins Büro und ließ sich die Fuhre quittieren. Im Büro lag ein sehr hübscher brauner Neufundländer. Sein langhaariges Fell war sehr gepflegt. In seinem Blick lag etwas Unterwürfiges. Horst sagte: „Na, du", und er erhob sich, schritt langsam und majestätisch zu Horst und ließ sich streicheln. Seinen sprechenden und treuen Blick hatte er auf Horst gerichtet. Er dachte, Laura und Mono müssen zu mir zurückkommen. Als die Sekretärin ihren vorwurfsvollen Blick auf ihm ruhen ließ, trennte er sich von dem Hund. Mit den Worten: „Wie alt ist der hübsche Kerl?", ging er zu ihrem Schreibtisch. Sie sagte: „Da müssen Sie meinen Chef fragen." Ihre Stimme war hart und blechern, die könnte auch einem Roboter gehören.

Ohne Ladung fuhr sich der Laster auf dem Rückweg besser. Aber das gleichmäßige Geräusch des Motors lag wie Blei in seinen Ohren. Eine ganze Strecke fuhr er hinter einem Möbelwagen. Zum Überholen nahm der ihm die Sicht. Dem Fahrer, der diesen Laster fuhr, wünschte er nichts Gutes. Der sollte ihm ja nicht über den Weg laufen. Dem würde er sagen, dass er seine nächsten Kinder am Wochenende bekommen sollte.

Gleich am kommenden Wochenende fuhr Horst zu Laura. Für sie hatte er eine Kiste Wein gekauft, er kannte ja noch ihre Lieblingsmarke. Auf der Hinfahrt malte er sich das Wiedersehen in allen Einzelheiten aus und hoffte, dass sie ihm wie einst entgegenfiebern würde. Er freute sich auch auf Mono.

Laura sah auf der Straße einen Mercedes, der dann vor ihrem Vorgarten parkte. Sie dachte, das ist das Auto von Horst. Aber warum wohl? Schließlich gäbe es eine große Anzahl von diesen Autos. Dann sah sie Horst aus dem Auto steigen. Sie konnte es kaum fassen. Sie merkte, dass ihre Hände zitterten. Mit den Worten: „Räume gut auf", ließ sie Li allein im Laden und ging in das große, gemütliche Nebenzimmer. Vor Li wollte sie keine Begrüßung.

Als sie die Stimme von Horst vernahm, spitzte Mono auch seine Ohren. Im nächsten Moment stand er auch schon in ihrem Zimmer. Mono hatte seinen Platz verlassen und stand schwanzwedelnd vor ihm. Laura wollte ihre Aufregung verbergen und fasste nach der Sessellehne. Als Horst sie an sich zog, legte sie ihre zitternden Hände fest auf seine Schulter. Und ihre Küsse waren fordernd, dann wieder vibrierend. Horst blieb die ganze Nacht. Wegen des Dorfklatsches durfte das Auto hier nicht die ganze Nacht auf der Chaussee stehen bleiben. Sie stiegen mit Mono in das Auto und fuhren zur Kirche und ließen es auf dem großen Vorplatz stehen. In der nachtblauen weichen Frühlingsluft mit dem zarten Aroma schritten sie eng umschlungen zurück. Und Mono genoss diesen zusätzlichen Spaziergang.

Morgens um fünf Uhr schritt Horst durch das schlafende Dorf zu seinem Auto. Den Mantelkragen hatte er hochgeschlagen. Die Luft hatte gar nichts Weiches mehr, es war ein kaltes Prickeln. Am Himmel hing eine schmale, blasse Mondsichel. Heute hatten die Stunden mit Laura diesen unbequemen Weg noch aufgewogen. Hier musste etwas geändert werden.

Wie jedes Jahr hatte der Frühling wieder seinen Einzug gehalten und zog mit seinem Zauber die Menschen wieder in seinen Bann. Die Blumen, die im Winter in der gefrorenen Erde geruht hatten, entfalteten wieder ihre Blüten, und viele Farben boten eine Schau. Krokusse, Tulpen und Osterglocken zeigten auch an Regentagen ihr leuchtendes Gelb, als müssten sie dann die Sonne ersetzen, die mit dicken Wolken kämpfte und Verlierer war.

Der Star mit seinem schwarzen Gefieder, das einen grünlichen Schimmer hatte und in der Sonne wie Atlas glänzte, stand vor seinem Kasten und sang in Dur und Moll sein Liedchen, so als wäre er dem Frühling auch noch etwas schuldig. Vielleicht war es auch nur Freude, dass er seinen großen Flug aus dem Süden überlebt hatte und froh war, dass er wieder zu Hause war.

Die Forsythiensträucher zeigten sehr viele gelbe Blüten, so als hätten sie sich in einen gelben Umhang gehüllt und lägen mit der Sonne im Wettstreit. Die Bäume zeigten ihre zarten Blätter. Im nahen Wald ließ der Kuckuck, der scheue Geselle, seinen lauten und gleich bleibenden Ruf erschallen. Die Störche hatten auch wieder ihre Nester bezogen, und mit großem Geklapper meldeten sie ihre Rückkehr an. Diese freudige Ankunft ging von Mund zu Mund durch den ganzen Ort.

Die Sonne machte am blauen Himmel ihre Runde. Ihre Strahlen warf sie verschwenderisch auf die Erde, und sie verbreiteten eine wohlige Wärme. Renate, Theo und Dore waren auf ihrer ländlichen Idylle und saßen auf der Terrasse. Renate blies bunte Luftballons auf. Theo rauchte eine Pfeife und las in der Tageszeitung den Wirtschaftsbericht.

Dore saß vor seinem Tischchen auf seinem Stuhl. Vor ihm auf dem Tisch lag sein großes Bilderbuch mit Tieren. Neben dem Buch saß sein großer Teddy, als müsste er hier an einer Unterrichtsstunde teilnehmen. Die hübsche Katze von Egon und Ingrid war gekommen und hatte sich unaufgefordert und ungeniert auf das Tischchen zu dem Teddy gesetzt. Nachdem sie dem großen Teddy stumm und intensiv ins Gesicht geschaut hatte, griff sie mit einer Pfote nach ihm. Schließlich nahm sie auch die zweite Pfote, und beide fielen um.

Dore wollte mit seinem Bilderbuch zu Theo, das dann auch noch vom Tisch fiel. Renate wollte das Buch aufheben, ließ den Luftballon los, der noch kein Band hatte und dann fortflog. Dore sah ihm staunend hinterher. Dann reichte Renate Dore noch drei Ballons, der sie dann fortfliegen ließ und den roten, grünen und gelben Ballons mit einem „Oooh" staunend hinterhersah. Dann band Renate noch zehn Ballons an den Sonnenschirmständer, die sich dort leicht hin und her wiegten. Im Vorgarten auf grünen Pfosten waren fünf Glaskugeln. Die Sonne spiegelte sich auf den großen Kugeln und verteilte ihre Strahlen nach allen Seiten.

Vier Tauben, die hier auch schon ständiger Gast waren, ließen sich von Dore füttern. Renate hatte Brot in Würfel geschnitten, das er dann verteilte. So flogen die Tauben auch öfter auf seine Schulter. Wenn er im Garten seine eigene kleine Welt entdeckte und den Schmetterlingen hinterherlief, trippelten die Tauben neben oder vor ihm.

Renate staunte immer wieder über seine schnelle Entwicklung. Jeden Abend hatte sie seine Händchen zusammengelegt und gebetet: „Ich bin klein, mein Herz ist rein, soll niemand drin wohnen als Jesus allein.“ Dore hatte dann immer sehr aufmerksam seine Augen auf ihren Mund gerichtet. Nach einer Zeit hatte er dann sehr andächtig ein paar Worte mitgesprochen. Und jetzt betete er jeden Abend, und sie war stummer Zuhörer.

Theo wusste jetzt, dass er mit seinen Worten sehr vorsichtig umgehen musste. Er hatte gesagt, dass die große Rechnung nach neun Monaten immer noch nicht bezahlt war. Dem Menschen müsste er mal einheizen. Dore hatte seinen Wortschatz erweitert und gesagte: „Mens mal heizen.“

Karin hielt ihr Versprechen und machte einen Entwurf für ihre Kündigung. Vor allen Dingen musste sie mit Klaus sprechen. Sie wusste, wie sehr er sie hier bei ihrem Start unterstützt hatte. Jeden Tag hatte er eine kleine Überraschung für sie gehabt. Einmal hatte er ihr die riesigen Behälter gezeigt, wo der Tilsiterkäse im Salzwasser schwamm. Wo der Camembertkäse bei Blaulicht reifte, waren die Türen abgeschlossen. Die durften erst nach einer gewissen Zeit geöffnet werden. In der Abteilung, wo die Schokoladenplätzchen aus Molke gemacht wurden, waren sie auch gewesen. Eigentlich waren sie beide enttäuscht, als sie im Werk ins Büro musste. Ihre enge Kameradschaft war geblieben. Es war schon etwas mehr geworden.

Den nächsten Tag schritt Karin neben Hanna in den großen Essraum. Sie waren fast die Letzten. Karin hielt nach Klaus Ausschau. Er war nicht da, und sie hoffte sehr, dass er kam. Öfter war in der Molkerei ein dringender Fall, und Klaus konnte dann gar nicht fort. Ihre Kündigung wollte sie erst vorlegen, nachdem sie mit Klaus gesprochen hatte. Er sollte es nicht von den Mitarbeitern erfahren.

Als sie schon wieder ins Büro gingen, sah sie ihn herbeieilen. Sie ging ihm auf dem Gelände entgegen, fragte, wann er heute Dienstschluss hätte und ob sie sich in ihrem kleinen Lokal zu einem Glas Wein hinsetzen könnten. Diese Aufforderung nahm er strahlend entgegen.

Wie so oft saßen sie sich in der vertrauten Klause gegenüber. In den Augen von Karin standen ungeweinte Tränen, als sie sagte, sie müsse dringend nach Hause, weil ihre Mutter eine Fußverletzung hatte, und sie Klaus anlügen musste. Dann bestürmte Klaus sie mit tausend Fragen, ob er sie besuchen könne, ob da sonst nicht jemand einspringen könne, wann sie wieder käme? Karin gab sich große Mühe, dass sie alle Fragen geschickt abwehren konnte. Dann saßen sie sich schweigend gegenüber und hingen ihren Gedanken nach. Als Klaus Karin wieder zur Haltestelle begleitete, heulte sie wirklich und fiel ihm um den Hals. Diese Geste wurde von beiden in verschiedenen Richtungen ausgelegt.

Bevor Karin mit ihrer Kündigung ins Büro ging, hatte sie sie noch zweimal gelesen. Sie hatte Pech, heute war Frau Kranz, die Vorzimmerdame, nicht da. Sie musste zum Chef, das gefiel ihr gar nicht. Den könnte man auch als Roboter bezeichnen. Vielleicht hatte er ein Herz, jedenfalls zeigte er es nicht. Morgens, zehn Minuten nach Dienstanfang, ließ er sich immer mal einen Angestellten ans Telefon rufen. Wer dann noch nicht da war, musste sich später noch allerlei anhören.

Karin wusste auch, dass zwei Büroangestellte nicht erst zu Frau Kranz, sondern gleich zum Chef gegangen waren. Er hatte sie sehr unfreundlich angesehen und gesagt, er wüsste nicht, dass er hier eine Versammlung machte. Eine hatte dann vor der Tür gewartet. Schließlich war das Ergebnis, dass er beiden gesagt hatte, er werde sich um die Sache kümmern, da könnten sie sich drauf verlassen.

Jetzt stand Karin mit ihrer Kündigung im Raum. Mit einer Handbewegung wurde sie zum Näherkommen aufgefordert. Dann fragte er, was so dringend sei, dass sie gleich morgens in sein Büro käme. sie antwortete, sie hätten zu Hause einen Bauernhof, da würde sie wegen eines Krankheitsfalls sehr dringend gebraucht. Er fragte, ob sie meine, er beschäftige die Leute zum Vergnügen. Karin konnte nicht verhindern, dass Tränen in ihre Augen traten. Er sah sie an und sagte: „In drei Tagen können Sie gehen. Auf Ihren Platz könnte wieder eine Kraft aus der Molkerei." Karin war so überrascht, dass sie in der Tür beim Hinausgehen einen Knicks machte.

Freud und Leid liegen oft beieinander. Mit Klaus war auch die Familie Mielke traurig. Und in dem sehr gemütlichen und feudalen Zimmer ließ Karin auch ein Stückchen Wehmut zurück. Die Freude bei Emma und Gustav kannte keine Grenzen, und Rudolf konnte sein Glück kaum fassen. Er trieb die Hochzeit voran.

Die Gedanken von Renate beschäftigten sich auch mit Karin. Wie würden sich beide gegenüberstehen? Zum Geburtstag sollte Dore ein Kasperletheater bekommen. Das würde sie schon jetzt kaufen und zu Emma und Gustav bringen. Damit könnte das Wiedersehen etwas aufgelockert werden.

Für diesen ersten Besuch bei Karin hatte Renate Dore sehr festlich angezogen. Sie hatte ein weißes Oberhemd mit schwarzer Fliege gekauft. Dazu trug er ein kurzes schwarzes Samthöschen, schwarze Lackschuhe und weiße

Söckchen. Für den Haarschnitt hatte Renate auch den besten Friseur gesucht. Jetzt hätte sie ihn am liebsten in die Arme geschlossen und da drin behalten. Sie sagte: „Wir fahren zu Tante Karin. Den großen Teddy setzen wir auch noch ins Auto, damit du da nicht allein sitzt. Aber der braucht keinen Kindersitz.“

Renate dachte an die Fahrt, die sie hier schon einmal mit Dore gemacht hatte. Vor ihr warf die Sonne ihre Strahlen durch die noch zarten Baumkronen auf die Chaussee, die da als kleine Inseln lagen. Der Mai war mit seinem Blütenzauber auch der schönste Monat. Nicht umsonst hatten ihm die Dichter schon Lieder gewidmet.

In den Vorgärten blühten viele Blumen, die mit ihren Farben wetteiferten. Die Obstbäume, die in voller Blüte standen, waren Honigquellen für die Bienen, die unentwegt hin und her flogen. Die Bauern waren mit ihren Gespannen auf den Feldern. Nach einer alten Bauernweisheit muss der Winterroggen so hoch sein, dass sich eine Krähe in ihm verstecken kann. Zwischen dem vielen Grün sahen die Kuhherden mit ihrem schwarz-weißen Fell wie hingeworfene Farbkleckse aus. Hoch oben in der Luft flogen Schwalben mit kurzem Flügelschlag entlang. Renate dachte, wenn Dore da nicht immer mit dem Teddy sprach und von ihr auch noch allerlei wissen wollte, würde ich hier auch noch ein Dichter.

Als Renate ihr Ziel erreicht hatte, ließ sie das Auto langsam auf den Hof rollen. Emma, Karin und Gustav, die sie vor der Haustür erwarteten, kamen ans Auto. Renate stieg aus, dann fielen sie und Karin sich in die Arme. Renate löste sich aus ihren Armen und sagte: „Schau, ich habe jemand mitgebracht.“ Dann stieg Dore aus dem Auto. Er war sehr verlegen und griff nach Renates Hand. Aber dann gab er allen die Hand und sagte auch, wie er es gelernt hatte, „Tante Karin“.

Emma rettete die Lage. Sie hatte in einem Eimer Körner für die Hühner, nahm Dore an die Hand und fütterte mit ihm die Hühner. Von allen Seiten kamen sie auf den Hof gerannt. Vom Scheunendach kamen auch noch ein paar Tauben und trippelten zwischen den Hühnern. Drei Sperlinge hätten auch gerne ein paar Körnchen geholt, trauten sich aber nicht in den Pulk und gaben es nach einigen Versuchen auf. Dore griff mit beiden Händen in den Eimer und verteilte die Körner, so war bei ihm die alte Vertrautheit hergestellt.

Am Kaffeetisch saß er neben Karin und ließ sich mit Kakao bewirten. Der Höhepunkt war das Puppentheater. Rudolf war gekommen, war aber gleich mit Gustav ins Nebenzimmer gegangen. Sie boten da solche Aufführungen, dass sich alle von den Puppen in den Bann ziehen ließen.

Zwei kleine Mädchen hatten ihre Schulranzen auf dem Rücken und mussten zum Unterricht. Dann kam die Mutter hinterhergerannt, sie hatten ihre Brote vergessen. Als sie dann weitergingen, kam ihnen Anju, der hübsche Pudel, nachgerannt. Den konnten sie doch nicht mitnehmen. Mit dem Finger zeigten sie, dass er zurückgehen musste. Er setzte sich hin und sah sie bittend an. Sie gingen mit ihm zurück. Die Mutter musste ihn im Zimmer einsperren. Jetzt mussten sie sich sehr beeilen und liefen so schnell, dass ihre Zöpfe mit den roten Schleifen waagerecht in der Luft standen. Dann kam ihnen ein Schornsteinfeger entgegen. Er sah mit dem Zylinder sehr keck aus, und der lange Besen, den er trug, wippte hinter ihm her. Ein Mädchen blieb stehen, sah ihm nach. Dann lief sie hinterher und tippte auf seinen Besen. Das sollte doch Glück bringen. Dann kam auch noch ein Pferdefuhrwerk. Auf dem Wagen waren zwei Säcke, die sollten wohl zu der Mühle, die im Hintergrund stand und die Flügel drehte. Neben dem Pferd lief ein kleines Fohlen, das bald neben oder hinter der Mutter herumalberte. Dann stimmten sie das Lied „Das Wandern ist des Müller Lust“ an und liefen Hand in Hand zur Schule.

Für diese Aufführung und für ihren Gesang bekamen Rudolf und Gustav viel Beifall. Und Dore hatte gar nicht gemerkt, dass er die ganze Zeit auf Karins Schoß gesessen hatte.

Renate freute sich, dass sie Rudolf kennen gelernt hatte, und wünschte dem jungen Paar sehr viel Glück, und sie sprachen noch von der bevorstehenden Hochzeit. Als Renate mit Dore wieder zum Auto ging, musste Karin noch den Teddy bewundern. Rudolf nahm Dore auf den Arm und sagte: „Besuchst du uns mal wieder?“ Er sah ihn an, und nach einem Weilchen sagte er auch „Tante Karin“.

Auf der Rückfahrt war Renate so gelöst, dass sie aus voller Kehle ein Lied sang. Dore mühte sich und versuchte auch zu singen. Dann stimmte Renate das Kinderliedchen „Kommt ein Vogel geflogen, setzt sich nieder auf meinen Fuß, hat einen Zettel im Schnabel, von der Mama einen Gruß“ an. Das Lied sang Dore ganz mit, und „Mama“ sang er immer sehr laut.

Zu Hause freute sich Theo, dass der Nachmittag so gut gelaufen war.

Horst saß an seinem Schreibtisch, sah verträumt aus dem Fenster und ließ seinen Kugelschreiber hin und her wippen. Er dachte an Laura und an seinen Fußmarsch, den er durch das ganze Dorf zurückgelegt hatte. Aber das musste geändert werden. Weiter kam er nicht mit seinen Plänen. Ernst war zu ihm in sein Büro gekommen.

Der teilte ihm mit einer Selbstverständlichkeit mit, dass er einige Tage nach Berlin kommen müsste. Vor Monaten hatte er sich eine Eigentumswohnung gekauft. Leider bei einer windigen Firma. Die hatte die Wohnung gleich dreimal verkauft. Ernst sagte: „Du bist doch Rechtsanwalt. Befasse dich mit der Sache und sorge dafür, dass ich mein Geld wiederbekomme.“ Gemeinsam gingen sie in das Büro zu Theo.

Sehr gelassen hörte sich Theo diese Wohnungsgeschichte an. Meinte, solche Fälle könnten sich in die Länge ziehen. Deshalb könne Horst diese Sache doch von hier bearbeiten. Ernst sagte, dass die vielen Schriftstücke schon fast ein großes Buch wären, die müsse Horst sich alle ansehen. Schließlich einigten sie sich auf drei Tage, und Horst fuhr nach Berlin.

Renate wünschte sich genau wie Rudolf, dass die Hochzeit vorangetrieben würde, und fuhr mit Dore zu Karin. Als sie da ankamen, waren Karin und Emma im Garten und jäteten die Gemüsebeete. Sie setzten sich vor die Laube, und Dore lief im Obstgarten unter den blühenden Bäumen hinter den Hühnern her. Einige waren zahm oder auch neugierig, sie kamen zu ihm und ließen sich anfassen.

Dann sah er die Schafe in der Hauskoppel grasen. Zwischen ihnen sprangen zwei Lämmchen. Nachdem er eine Zeit lang seine faszinierten Blicke auf die Lämmchen gerichtet hatte, ging er zu Renate und fragte, ob er die auch streicheln dürfe. Vielleicht dürfe er, aber da müsse er Tante Karin fragen. Damit seine Bitte wohl mehr Gewicht bekommen sollte, hatte er sich an Karins Bein gelehnt und sie mit seinen hübschen Augen und fragendem Blick angesehen. Dann hatte Karin seine Hand genommen und war mit ihm zu den Schafen gegangen.

Bei Renate gab es schon tagelang nur ein Thema, und das war die Hochzeit. Sie hatte sich schon Brautkleider angesehen. Einige Modelle waren einfach traumhaft. Mit Karin würden sie das Kleid gemeinsam kaufen, das wollte sie ihr zur Hochzeit schenken.

An dem Tag, als sie mit Karin verabredet war, hatte ihre Haushaltshilfe einen Zahnarzttermin und war nicht gekommen. Als die Verbindung schon unterbrochen war, hielt Renate immer noch den Telefonhörer in der Hand. Mit den Worten „Na, so etwas" legte sie ihn auf die Gabel zurück.

Sie konnte Dore doch nicht zu dem Stadtbummel mitnehmen. Kurz entschlossen packte sie ein Malbuch, Buntstifte, Schokolade und den Teddy zusammen und fuhr mit Dore zu Theo. Sie sagte: „Ich bringe dir Dore, der wird dir Hühner und die Lämmchen malen, die er bei Karin gesehen hat." Theo sah Renate an und sagte: „Dies ist nicht dein Ernst?" – „Doch, dies ist ein großer Notfall."

Renate hatte Karin vom Bahnhof abgeholt, und sie saßen sich jetzt in einem Café gegenüber. Obwohl sie sich eine lange Zeit nicht gesehen hatten, hatte die alte Vertrautheit nicht gelitten.

In dem Modesalon ließen sie sich Brautkleider vorführen. Dann entschlieden sie sich für ein Modell mit großer Spitzen- und Perlenverarbeitung. Als Karin es dann anzog und sich im Spiegel sah, sagte sie: „Das bin ich doch gar nicht." Zu dem Kleid wählten sie einen kurzen Schleier. Es war eher ein Diadem mit sehr viel Spitze, das verspielt auf die Schultern fiel.

Für die Trauung auf dem Standesamt kauften sie ein taubenblaues Kostüm. Der Rock hatte die moderne Bleistiftform. An der kurzen Spenzerjacke war der kleine Stehkragen sehr kleidsam. Die Hüften wurden von einem Glockenschoß umspielt und vorteilhaft betont. Den I-Punkt bekam das Ganze noch von der weißen Seidenbluse. Und der winzige Pillenhut hatte an einer Seite zwei kleine Blüten aus weißen Schwanenfedern. Anschließend landeten sie noch in einem Schuhgeschäft. Dort kauften sie weiße und schwarze Schuhe.

Bevor Karin wieder zum Bahnhof ging, ließen sie sich in einem Hotel ein großes Menü servieren. Die Pakete von dem Einkauf wollte Renate später zu Karin bringen.

Renate wäre noch gerne mit Karin zum Bahnhof gefahren. Das wagte sie aber wegen Theo nicht mehr, der schon sehr lange Dore in seinem Büro beschäftigte.

Die Angestellten, die zu Theo ins Büro kamen, wunderten sich über den hübschen kleinen Kerl, der mit den Buntstiften große Schreibmaschinenbogen bemalte. Pünktlich nach der Uhrzeit kam auch der Lagerverwalter und legte den täglichen Bericht von den Ein- und Ausgängen vor. Mit einem kleinen Lächeln sah er Dore an und sagte: „Nanu, haben wir einen neuen Chef?“ Er wusste gar nicht, wie sehr er mit dieser Bemerkung Recht hatte.

Mit einem sehr schlechten Gewissen ging Renate zu Theo ins Büro. Mit den Worten: „Ich weiß, dass du mir sehr böse bist“, nahm sie Theo den Wind aus den Segeln. Theo sah Dore an und sagte: „Haben wir Mama vermisst?“ Dore sah gar nicht auf, er beschäftigte sich mit seiner Malerei und den vielen beschmierten Bogen, die vor ihm lagen. Renate sagte: „Jetzt müssen wir ganz schnell nach Hause, da wartet doch Teufelchen auf uns.“ Dann packte sie Papier und Buntstifte in ihre Tasche, und Dore half dabei. Als er mit Renate schon an der Tür war, lief er noch einmal zu Theo und fragte, ob er morgen wieder kommen könne. Theo fasste in seinen hübschen Haarschopf und sagte, na klar, tüchtige Mitarbeiter könne er immer gebrauchen.

Bei Gustav liefen die Hochzeitsvorbereitungen auf vollen Touren. Dieses Ereignis stand im ganzen Dorf im Mittelpunkt. Tagelang war der Hochzeitsbitter mit Einladungen unterwegs. Sein Hut mit dem kleinen Blumensträußchen saß sehr keck auf seinem Kopf. An seinem Stock waren die Blumen sehr kunstvoll angebracht. Und vorne auf seinem Fahrrad hatte er ein richtiges Blumengebinde.

So brachte er in der näheren Umgebung traditionsgemäß die Einladungen von Haus zu Haus. Wo immer er auftauchte, folgten ihm viele Blicke, denn an seinem Hut und dem Stock hingen viele bunte Bänder, die die Blumen noch übertrafen. Überall, wo er seine Einladung anbrachte, wurde ein Gläschen auf das junge Paar geleert. Bei den vielen Einladungen waren es auch viele Gläser. Sehr bald musste er sein Fahrrad schieben. Sein Hut saß schief und die bunten Bänder flatterten gar nicht mehr so kess hinter ihm her. Schließlich trennte er sich ganz von seinem Fahrrad und ließ es an einem Gartenzaun stehen. Nun benötigte er den Stock als Stütze, an dem die Blumen geknickt durcheinander baumelten. Und das Fahrrad stand am nächsten Tag vor seiner Tür.

Vor dem Hochzeitstag war der Polterabend. Dem wollten sie keine große Bedeutung schenken. Gerade auf diesen Polterabend, zu dem man keine Einladung brauchte, hatte sich schon die ganze Dorfjugend gefreut. Sie kamen mit großen Körben voll Porzellan, das sie dann mit großem Geklirr und Gepolter auf den Hof warfen. Einige hatten Gedichte verfasst, die sie vor dem Brautpaar aufsagten. Anschließend ließen sie sich bewirten und wunderten sich, dass hier nicht getanzt wurde.

Der Knecht von Rudolf war auch unter den jungen Leuten. Der hatte gleich seine Handharmonika mitgebracht. Ein junger Mann zog seine Mundharmonika aus der Tasche, und so hatten die Tänzer eine flotte Kapelle. Dass sie einige Lieder nur halb und auch noch falsch spielten, wurde gar nicht zur Kenntnis genommen. Das letzte Ende wurde dann gesungen.

Diese lustige Stimmung steigerte sich von Minute zu Minute. Die konnte auch durch nichts gebremst werden. Die Anstalten, die Gustav zum Aufbruch unternahm, wurden einfach ignoriert. Als dann die letzten jungen Leute etwas schwankend nach Hause gingen, hatte der neue Tag am Himmel schon seine Zeichen gesetzt.

Als alle gegangen waren, beseitigten Karin und Rudolf nach alter Tradition die Scherben, ansonsten würden sie nie Geld im Haus haben. Der Knecht von Rudolf, Gustav und Emma half mit. Sie schaufelten die Scherben in große Schubkarren und beendeten diese Prozedur.

Am nächsten Tag fuhren Karin und Rudolf vormittags mit ihren Trauzeugen in der rosenumrankten Kutsche zum Standesamt, wo die Amtshandlung kurz vonstatten ging.

Auf dem Rückweg hielten Karin und Rudolf sich an den Händen, als würden sie sich hier noch ein stummes Versprechen geben. Die Pferde mit ihren Sonntagsgeschirren und einem Blumensträußchen am Kopfgeschirr merkten den fremden Lenker und trotteten die Dorfstraße entlang.

Als der Wagen in die Hofeinfahrt fuhr, sahen sie vor dem Tor die Kapelle, die jedem ankommenden Gast ein Ständchen blies. Jetzt hoben sie für das Brautpaar ihre Instrumente und bliesen in die blanken Hörner, auf denen die Sonne ihre Strahlen funkeln und tanzen ließ. Als sie auf dem Hof aus der Kutsche ausgestiegen waren und vor der rosenumkränzten Tür standen, machte der Fotograf, den Gustav für den ganzen Tag bestellt hatte, seine Aufnahmen.

In einem Zimmer, wo auf langen Tafeln große Platten

mit Wurst, Schinken, Käse und Eiern standen, war reger Betrieb. Inzwischen waren fast alle Gäste eingetroffen.

Karin ging in ihr Zimmer. Dort wurde sie von der Friseuse erwartet, die ganz kleine Myrtentupfer auf dem Brautkleid und dem Schleier befestigt hatte. Als sie dann in dem Kleid vor dem Spiegel stand, dachte sie, dass sie träumte. Der kurze Schleier mit der Myrte umschmeichelte ihr Gesicht.

Rudolf kam ins Zimmer, und an seinem Frack trug er auch ein Myrtensträußchen. Einen Moment blieb er in der Tür stehen und ließ seinen wohlwollenden Blick auf Karin ruhen. Dann überreichte er den Brautstrauß, den die Gärtnerei nach seinen Wünschen zusammengestellt hatte. Es waren sieben blaue Iris und neun gelbe Teerosen. Die Blumen waren mit einer Tüllschleife zusammengehalten, und an den Enden baumelten winzige Myrtenringe. Mit diesen Blumen wollte Rudolf seine Treue und nur Sonnentage überreichen.

Als Karin und Rudolf die Treppe hinunterschritten, sahen ihnen viele Augenpaare entgegen. Für die Fahrt zur Kirche standen die 16 Wagen der Hochzeitsgesellschaft in einer langen Reihe auf dem Hof schon zur Abfahrt bereit. Die Pferde waren für diesen Tag besonders gut gebürstet und gestriegelt. Ihr Fell glänzte mit den Sonntagsgeschirren um die Wette. Auf den Wagen saßen die Knechte und kamen hintereinander zur Haustür gefahren. Da standen die Gäste auf der Freitreppe und stiegen ein. Den letzten Wagen bestieg das Brautpaar mit den Kindern. Die Kapelle hatte sich wieder vor dem Tor aufgestellt, sie bliesen, bliesen und bliesen. Die Pferde trabten und tänzelten an der Kapelle vorbei.

Dore und Heike, Tochter von Egon und Ingrid, saßen

sehr verlegen dem Brautpaar gegenüber. Ihren Blick hatten sie auf die Körbchen mit Rosen gerichtet, die sie krampfhaft auf ihrem Schoß hielten. Dabei hatten sie schon tagelang von dieser Fahrt im Brautwagen gesprochen. Denn welches Kind hatte schon mal im Brautwagen gesessen! Rudolf nahm ihnen die Körbchen ab. Aber die Kinder blieben trotzdem in ihrer steifen Haltung sitzen.

Als sie sich der Kirche näherten, hängte sich der Küster mit seinem ganzen (nicht unbeträchtlichen) Gewicht an den Glockenstrang, um mit vollem Geläut die Hochzeit in der ganzen Umgebung anzukündigen. Vor der Kirche hatten sich schon viele Schaulustige eingefunden. Die Schulkinder waren gleich nach dem Unterricht hierher gegangen und hatten sich an der Straßenböschung einen guten Platz gesichert. Für sie war jede Hochzeit ein großer Rummel, und den wollten sie sich auf gar keinen Fall entgehen lassen. Unter den Schaulustigen waren auch junge Mädchen. Sie hatten verträumte Gesichter und malten sich ihre eigene Hochzeit aus.

Die Hochzeitsgäste standen vor der Kirche Spalier. Langsam und würdevoll durchschritt das Brautpaar die Reihen. Sie konnten auch nicht schneller gehen, denn den Schritt bestimmten die beiden Kinder, die vor dem Brautpaar die Blumen streuten. Mit ihrem rosa Rüschenkleidchen und dem Rosenkranz, den sie in ihrem Haar trug, sah Heike wie ein kleiner Engel aus. Dore trug ein weißes Oberhemd mit schwarzer Fliege und eine lange schwarze Hose. Er war ein Stückchen größer als Heike. Sie waren ein hübsches Paar und stahlen dem Brautpaar etwas die Schau. Der Fotograf, der sich auch vor der Kirche eingefunden hatte, machte seine Aufnahmen.

In dem Moment, als das Brautpaar die Kirche betrat,

verstummten die Glocken, und die Orgel setzte ein. Und der Gesangsverein hob zu einem mehrstimmigen Choral an. Durch die bunten bleiverglasten Fenster warf die Sonne ihre Strahlen und zauberte viele Farben in das Kircheninnere. Auf dem roten Läufer, der durch das Kirchenschiff führte, schritt das Brautpaar zwischen den Sitzreihen zum Altar. Die beiden Stühle, die vor dem Altar standen, waren mit einer Rosengirlande umkränzt, die zu einem Herz geformt war. Auf dem Altar standen große Kupferschalen mit roten Rosen, die im warmen Lichterschein der dicken weißen Wachskerzen in den hohen silbernen Kandelabern leuchteten. Die ganze Kirche glich mit ihrem Blumenschmuck einer Gärtnerei. Selbst die Empore hatte noch eine dicke Girlande aus blauen Kornblumen bekommen. Man merkte Karin an, wie ergriffen sie war. Mit einem Blick streifte sie Rudolf. Der legte für einen Moment seine Hand auf die ihre. Diesen kurzen Augenblick, wo ihre Hand so geborgen zwischen Rudolfs Händen lag, würde sie ihr ganzes Leben lang nicht vergessen.

Die Zeremonie war sehr feierlich. Der Pastor hatte die Predigt auf Karins Einsegnungsspruch „Ich und mein Haus wollen dem Herrn dienen“ aufgebaut. Der Gesangsverein sang „So nimm denn meine Hände“, und durch die Orgelbegleitung wirkte es sehr passend. Renate und Theo, die auch zwischen den Gästen saßen, hielten sich an den Händen, als würden sie hier ihre kirchliche Trauung nachholen.

Als das Brautpaar nach der Trauung aus der Kirche schritt, ließ die Glocke wieder ihr Bimbam erklingen. Der Fotograf stand mit seinen Utensilien bereit. Jetzt hatte er den Apparat so aufgestellt, dass er die Kirche, die schon ihre eigene Chronik hatte, voll ins Bild bekam. Nachdem er die Hochzeitsgesellschaft und das Brautpaar auf die Platte gebannt hatte, war er mit sich und seiner Arbeit zufrieden. Vergnügt packte er seine Sachen zusammen, bestieg sein Fahrrad und schloss sich den Hochzeitsgästen an.

Die Kapelle hatte sich wieder vor dem Tor aufgestellt, und Wagen an Wagen rollte an den flotten Klängen vorbei. Jetzt saß das Brautpaar im ersten Wagen. Als dieser vor der Haustür hielt, sprang Rudolf herunter. Mit schnellen Schritten ging er zur anderen Seite, griff Karin und trug sie ins Haus.

In der Küche hatten zwei Köchinnen schon tagelang die verschiedensten Speisen vorbereitet. Aber in diesem Moment hatte ihre Arbeit den Höhepunkt erreicht. Die großen Bratenplatten mit dem fein säuberlich garnierten Gemüse wurden auf die langen Tafeln getragen, die dem Anlass entsprechend festlich geschmückt waren. Die Gäste hatten vor ihren Tischkarten ihre Plätze eingenommen. Bevor das Essen gereicht wurde, sprachen der Vater von Rudolf und Gustav nacheinander einen Toast auf das junge Paar. Das Essen begann mit einem Käserand und Bouillon mit Eierstich. Der Reis zum Hühnerfrikassee war in kleinen Herzformen auf grünem Salat angerichtet. Zum Kalbsbraten gab es Spargel, mit gebräunter Butter übergossen. Auf den Platten mit dem Rinderbraten waren junge Bohnen. Rotkohl, Apfelmus und Preiselbeeren waren extra angerichtet.

Nach dem Essen kamen die Kinder auf ihre Kosten. Sie konnten zwischen Schokoladenpudding, Götterspeise und Zitronencreme wählen. Ihre Augen wurden groß und glänzend. Die Gäste hatten von den vielen Weinsorten, die zu den Gerichten gereicht wurden, glänzende Augen. Die Kapelle hatte inzwischen ihre Vielfalt bewiesen und die Instrumente gewechselt und saß in der Diele und spielte auf Geigen weiche und vertraute Weisen. Auf weitere Tischreden verzichtete man. Die jungen Leute wollten tanzen.

In einem Zimmer war eine Bar aufgebaut. Hier gab es Getränke und Brote mit verschiedenem Aufschnitt, auch große Schüsseln mit Heringssalat. Auch an die Kinder hatte man gedacht: Hier gab es auch gelbe, rote und grüne Limonade.

In den Zimmern, die schon vorher ausgeräumt waren, entfernte man die langen Tafeln. Und im Garten, wo die große Rasenfläche wie weicher Samt war, hatte man einen zusätzlichen Tanzsaal. Und überall waren Lichterketten angebracht.

Die Kapelle hatte wieder ihre Hörner genommen. Sie spielte für das junge Paar, dem der erste Tanz gehörte, den Kaiserwalzer. Nach ihm wiegten sich viele Paare im Walzertakt. Gustav kam zu Karin und wirbelte mit ihr davon. Als Rudolf Karin wieder in seinen Armen hatte, tippte sein Vater auf seine Schulter und sagte: „Dieser Tanz gehört mir.“ Nach diesem Tanz war Karin mit Theo auf der Tanzfläche. Renate hatte Dore einen Tanz versprochen und war mit ihm zwischen den tanzenden Paaren. Dann griff sie auch Heike, und sie hopsten zu dritt umher. Dem Fotografen fehlte es nicht an Motiven. Er wusste auch, dass diese hübschen Kinderfotos in das Schaufenster kämen.

Renate sah, dass Dore und Heike sehr müde waren. Sie konnten in Tante Karins Bett schlafen. Dore fragte, ob er auch noch mit Tante Karin tanzen könnte. Ja, das sollte er. Karin stellte ihn auf ihre Füße und tanzte eine Runde mit ihm. Anschließend ging Karin mit Dore in ihr Zimmer und legte ihn in ihr Bett. In dem Bett wäre doch auch noch für Heike Platz. So gingen Heike, ihre Mutter Ingrid und Karin noch mal nach oben und legten Heike auch ins Bett. Als sie ins Zimmer kamen, schlief Dore schon.

Immer mehr Paare tanzten im Garten auf dem Rasen.

Sie ließen sich von der inzwischen hereingebrochenen lauen Nacht, dem Sternenhimmel und dem warmen Schein, den die aufgehängten Lichter verbreiteten, gefangen nehmen. Diese Romantik, von der sie hier umgeben wurden, konnte auch mit gar nichts mehr erhöht werden.

Der Jasmin gab auch sein Bestes und verbreitete im großen Umkreis seinen Duft. Im Lichtkegel, von dem er erfasst wurde, sah es aus, als wäre er mit weißen Sternen überschüttet. Um Mitternacht machte das Brautpaar seinen letzten Tanz. Nachdem Karin ihren Brautstaat abgelegt hatte, hatte sie sich mit Rudolf unter die tanzenden Paare gemischt.

Die Hochzeit hatten die Knechte und Mägde auf ihre Art auch mitgefeiert und waren gar nicht erst ins Bett gegangen. Als sich die letzten Gäste mit großem Hallo und etwas beschwipst verabschiedeten, waren die Mägde schon mit ihren Melkeimern im Kuhstall und die Knechte versorgten die Kühe mit Futter und neuem Stroh. Nachdem der letzte Gast gegangen war, lehnte Karin ihren Kopf an Rudolfs Schulter und sagte: „Hier könnte ich einschlafen.“ Dann trug Rudolf sie zum Wagen, und Karin fuhr ihrem neuen Heim entgegen.

In Berlin hatte sich der Wohnungskauf doch in die Länge gezogen. Horst war schon drei Wochen in Berlin. Theo hatte seinen zuverlässigen und langjährigen Lagerverwalter Ehlers in das Büro geholt. Und für das Lager, wo die An- und Ablieferungen geregelt wurden, hatte Theo den besten Mitarbeiter eingestellt.

Horst genoss das Leben in Berlin in vollen Zügen. Durch Ernst lernte er auch die lockere Theaterwelt kennen. Seine Mutter und ihr Mann Heinrich liebten immer noch große Gesellschaften. Dann war er auch ein gern gesehener Gast. Ernst, der sehr auf seine Figur achten musste, war Mitglied im Tennisclub. So machten sie dort oft ein Spiel. Horst wusste auch, dass seine Figur keinerlei Makel hatte. Nach dem Spiel, wo sie harte Gegner waren, saßen sie im Clubhaus, wo sich immer Damen einstellten, die nichts gegen ein kleines Abenteuer hatten.

Hans teilte Lotte in einem langen Brief mit, dass er mit seiner Familie zu einem Besuch nach Deutschland käme. Er würde wieder bei Theo wohnen. Aber Dorette wollte unbedingt in Berlin bei ihrer Großmutter wohnen. Er fragte, ob es möglich sei. Schrieb auch noch, dass Mädchen, bevor sie erwachsen werden, doch allerlei Probleme machen und jeden Tag neue Ideen haben. Dann setzte er noch hinzu, sie könnte froh sein, dass sie zu Hause nur drei Söhne waren.

Lotte hatte Heinrich den Brief gereicht und gemeint, ihre Söhne hätten ihr doch auch allerlei geboten. Der eine mit dem Theater, der andere doch mit seiner Amerikareise, von der er nicht zurückkam. Dann Horst mit seiner Scheidung. Dabei hatte sie vergessen, dass sie auch geschieden war.

Dorette hatte Glück, dass ihr Onkel in Berlin war. Mit dem bummelte sie den ganzen Tag. Sie lieferten sich auf dem Tennisplatz harte Spiele. Sie waren auf dem Reiterhof, und in dem Dress sah sie ganz entzückend aus. Horst betrachtete sie mit wohlwollenden Blicken. Er würde sie begleiten, aber reiten würde er nicht. Dann hing Dorette schon an seinem Hals und überschüttete ihn mit Küssen. Horst schob sie von sich und sagte: „Kindchen, deine Küsse musst du am Kopfkissen üben." Dann kaufte er doch einen Reitdress. Und auf dem Reiterhof mietete er zwei Pferde. Jetzt wusste er, was Hans in dem Brief mit dem Satz, dass man mit Mädchen Probleme hat, gemeint hatte.

Ernst gefiel es gar nicht, dass Horst stets mit Dorette unterwegs war. Er fragte ihn, ob er noch wüsste, warum er in

Berlin sei. Ja, er könne ihm sogar das Ergebnis mitteilen: Die Baufirma, die die gleiche Wohnung an drei Bewerber verkauft hatte, war pleite. Er könne das Geld in den Wind schreiben. Ernst sah ihn ungläubig an und sagte, dem Kerl müsste man doch an den Kragen. Mit lässigen Worten meinte er, wo kein Geld ist, hat sogar der Kaiser sein Recht verloren.

Mit einem ernsten Ton setzte Horst hinzu, er solle lieber in seiner gemieteten Wohnung bleiben. Er wolle sich auch in Berlin eine Wohnung mieten. Bei Lotte hatte er einen Rechtsanwalt kennen gelernt, der wolle ihn als Sozius in seine Kanzlei nehmen. Er müsse es nur noch mit Theo besprechen.

Später, als Horst Theo gegenübersaß und ihm mitteilte, dass er ganz in Berlin bleiben wolle, nahm Theo seine Worte sehr gelassen zur Kenntnis. Er sagte, dass Ehlers sich sehr gut eingearbeitet habe. Auf den Mann könne er sich verlassen, denn er selbst sei sehr oft nur noch halbe Tage im Büro. Jetzt war Horst doch enttäuscht, dass sein Fortgehen keine Tragik war.

In Berlin wurde Horst schon sehnlichst von Dorette erwartet. Sie wollte ihm die Fotos zeigen, die sie aus dem Geschäft abgeholt hatte. Als Horst die Bilder sah, musste er gestehen, dass sie einmalig waren. In seinem Reitdress stand er mit einem verschmitzten Lächeln neben dem Pferd. Er wusste, dass dieser Fratz ihm das Lächeln aufgezwungen hatte. Dieses Bild musste unbedingt vergrößert werden. Andere Fotos konnte man auch bewundern: Auf einem gebogenen Grashalm saß ein Marienkäfer. Man könnte meinen, der ließe sich anfassen. Am Teichrand saßen Schmetterlinge auf blauen Vergissmeinnicht. Zwei Schmetterlinge hatten ausgebreitete Flügel und drei hatten die Flügel zusammengefaltet. Im Hintergrund sah man das Wasser, wo schwimmende Wildenten einen Sog zurückgelassen hatten. Auf einem anderen Foto stießen sich zwei Enten zum Flug ab. Dann zeigte sie auch das Foto mit dem reizenden Kind, das einen hübschen Dackel an der Leine hatte. Das Foto mit den Parkanlagen im Hintergrund war so hübsch, dass sich Kind und Hund gegenseitig die Schau stahlen.

Mit einem herausfordernden Lächeln sagte sie: „Onkel Horst, diese Aufnahmen sind zwei Küsse wert." Er zog sie zu sich rüber und gab ihr einen Kuss auf die Wange. In dem Moment kam Ernst ins Zimmer. Horst sagte: „Den zweiten Kuss kann Ernst dir geben, der wird auch deine Fotos anschauen." Dorette sagte: „Oh ja, und ich will eine Schauspielerin werden." Nüchternen stellte Ernst fest: „Das bist du jetzt schon."

Ernst war gekommen, er wollte mit Horst zu ihrem Skatabend in den Club. Dorette sagte: „Warte, Onkel Horst, ich lege dir die Karten, dann weißt du, ob du heute haushoch verlierst und lieber bei mir bleiben solltest." Sie bekam noch von beiden einen Kuss. Sie sagten: „Du bist vielleicht ein Kätzchen!", und gingen aus der Tür. Dorette ging zu Lotte und gab sich mit ihrem Deutsch große Mühe.

Zu seinem fünften Geburtstag hatte Dore ein kohlrabenschwarzes Pony mit kleinem Wagen, der wie eine Kutsche aussah, bekommen. Es trug rotes Geschirr, und der Wagen war auch rot. Jetzt stand es neben Bosko und Arko im Stall. Dore stand neben ihm und streichelte sein Fell, das schon wie Atlas glänzte. Theo fragte, ob er schon wüsste, wie das Pony heißen solle. Nach langem Hin und Her bekam es den Namen Maxi, weil es eine Stute war.

Dieses Geschenk konnte nicht mehr überboten werden. Von Tante Karin hatte er eine Armbanduhr bekommen. Dann hatte Theo Maxi vor den Wagen gespannt, und er durfte allein fahren. Als er auf dem Wagen saß, reichte Theo ihm die Zügel. Vor diesem leichten Gefährt schritt Maxi spielerisch voran, und Theo, der neben ihm ging, musste mächtig ausschreiten. Als Theo umdrehen wollte, sagte Dore: „Ach, lass uns doch noch ein Stückchen weiter fahren." Theo meinte, er sei kein Langstreckenläufer, und sagte; „Brrr!" Maxi blieb stehen, und Theo stieg auf den Wagen und ließ sich von Dore fahren. Jetzt musste Maxi sich ins Zeug legen.

Als dann die Gäste aus Amerika da waren, wurden Dore und Piet dicke Freunde. Wenn es mit der Sprache Schwierigkeiten gab, verständigten sie sich mit Händen und Füßen und verlebten turbulente Wochen.

Wenn sie mit Maxi zur Försterei fuhren, waren sie bei Ruth und Eva gern gesehene Gäste. Sehr oft kamen Ruth und Eva auch auf ihren Ponys und machten einen Gegenbesuch.

Die Abfahrt von Hans mit seiner Familie wurde von beiden Seiten bedauert. Piet war Dore um den Hals gefallen und hatte schon auf deutsch gesagt: „Zu dir komme ich wieder."

Dore war jetzt ein ABC-Schütze und hatte so auch seine eigenen Probleme. Einmal waren es die Buchstaben, dann waren es die Mitschüler oder sogar die Lehrer.

Theo fuhr zur Försterei. Vor dem Wagen trabten Rosko und Arko. Auf dem Wagen neben ihm saß Dore und hielt die Zügel. Mit seinen hübschen Augen und den langen dichten Wimpern sah er Theo an und fragte, ob er jetzt jeden Tag zur Schule müsse. Lächelnd tippte Theo mit seinem Finger auf Dores Nasenspitze und sagte: „Aber ja, du wirst doch mal der Boss."

Ende